三日间的幸福

著

译

百花洲文艺出版社
BAIHUAZHOU LITERATURE AND ART PRESS

目录

CONTENTS

三日间的幸福

[日] 三秋缒 / 著
[日] E9L / 绘 许郁文 / 译

百花洲文艺出版社
BAIHUAZHOU LITERATURE AND ART PRESS

第一章　十年后的约定

听到寿命也能购买这件事，我最先想起的是小学时上过的思想品德课。当年，芳龄二十几岁的女老师向我们这群懵懂的十岁学童丢出了一个问题。

“大家看这边。要说什么东西是无法替代，又珍贵无比的，应该就是每个人的寿命了。那么，如果将人的寿命换算成金额，大家觉得应该值多少钱呢？”

语毕，她的思绪似乎停滞了一下，大概是在回想刚刚的提问够不够清楚吧。她手上拿着粉笔，一动也不动地面对黑板，沉默地背对着我们二十余秒。

这段时间，每位学生都认真地思考问题。班上大多数的学生都喜欢这位年轻漂亮的老师，都想抢着说出一些讨老师欢心的答案以获得她的褒奖。

其中有位模范生举手回答：

“之前读的书里提到过，上班族一辈子的薪水大概是两亿日元到三亿日元之间，所以每个人的生命大概就值这个价钱吧。”

教室里有一半的学生流露出钦佩的神情，另一半则觉得这个答案很无聊。

几乎所有的学生都不喜欢这位模范生。

“的确，大部分上班族的收入就这么多而已。”老师苦笑地点了点头，回应了这位模范生。

“如果询问大人，大概也会得到相同的答案吧。以一辈子能赚到的薪水来衡量一个人的寿命价值，也算是一种正确答案。不过，我希望大家暂且将这个想法抛到脑后。嗯……不如用比喻来说明吧，就像平常做的那种，不太好懂的比喻。”

老师用蓝色的粉笔在黑板上画了一个没人看得懂的东西，看起来既像人，又像黏在马路上的口香糖。

不过，这就是她的真正目的。

“黑板上这个‘不知其真面目的东西’非常有钱，而且它很憧憬能过一过人类的生活，所以希望有人可以将自己的人生卖给它。某天，你偶然从‘这个东西’面前经过时，它叫住你，问你能不能把自己剩余的人生全部卖给它。”

女老师打了这个比喻之后，暂时停了话头。

“卖掉之后，我会变成什么样子？”某位一脸认真的男生举手发问。

“当然是死掉咯！”老师一派轻松地回答他，“所以，你一定会拒绝它的吧。不过‘这东西’没那么容易死心，于是又和你说，卖一半给他也行。要不要把你剩下的六十年寿命，折半卖给它呢？不能再少了哦。”

“原来如此！”我撑着脸颊听老师说话，心中突然有所领悟，有种卖掉一半也无妨的感觉。人生与其枯燥漫长，还不如短暂灿烂来得精彩。

“那么，接下来才是真正的问题。想要一尝人类生活的‘这个东西’，该怎么替你的寿命估价呢？一年的寿命该值多少钱？……先说清楚，这个问题没有正确答案，我只是想听听大家的意见而已。请大家跟座位附近的同学讨论一下吧。”

教室里的讨论声此起彼伏。

只是，我没有参与讨论。说得准确一点，是我没能参与讨论。

因为我跟刚刚那位提出用一辈子能赚多少薪水来衡量一个人寿命价值的模范生一样，都是被班上同学排挤的对象。

我摆出一副不想跟着讨论的表情，在一旁等待着时间流逝。

坐在前面的那群家伙说："如果一辈子的收入是三亿日元……"

我心想，那些家伙要是值三亿日元的话，我应该值三十亿日元。

我已经忘了当时的结论，只记得最后是不了了之收场。反正这本来就不是小学生讨论得来的题目，就算找来一群高中生，恐怕也得不出什么有建设性的结论。

唯独有一点我依然记忆犹新，有位看来前途黯淡的女生一直主张“人命不该有价”。没错，若让我和她过着一样的人生，我大概不会设定售价吧——说不定还会被反过来索要垃圾处理费呢。

“就算我要卖出和我过着相同人生的权利，你们应该连三百日元也不愿意付吧？”每个班上都有这么一个聪明爱耍宝的家伙，他的想法似乎跟我很像。为了逗大家笑，他故意开玩笑地这么问。我虽然赞同他的想法，但他很明显地认为自己的价值比旁边那些死脑筋的家伙高出许多,那种自以为高尚又故意自嘲的作风真令人恶心。

这时，老师突然说:“其实这个问题没有正确答案。”

不过,接近正确解答的答案其实真的存在——因为就在十年后，二十岁的我真的把寿命卖掉，并换得了相应的报酬。

小时候，我希望未来的自己是个了不起的人，内心一直觉得自己比同年龄的人更优秀，更突出。但让人伤脑筋的是，我住的那一带都是一堆蠢父母生的笨小孩，这更加深了我对自己的误解。

身边的玩伴总是被我看扁。不懂得隐藏骄傲，毫不谦虚又不机敏的我，理所当然地被班上的同学们疏远了。遭到同学排挤，或是东西被人藏起来都是家常便饭。

即便考试常拿满分，但能拿满分的又不只有我一个。

没错，就像前面提到的那位模范生，那个叫姬野的女生。

我们因为彼此而拿不到实质上的第一名，所以表面上看起来像在互相砥砺，其实内心恨不得把对方踩在脚下。

但就另一种层面而言，我们也是唯一能了解彼此的伙伴。能够正确听懂我的想法的人只有她，恐怕我对她而言也是一样。

或许就是因为这样，我们总是走在一起。

原本我们两家就住在正对面，从小就一直玩在一起，这应该就是所谓的“青梅竹马”了吧。我们父母的关系不错，在念小学之前，我爸妈工作一忙，就会把我托付给姬野的双亲照顾。换成对方的父母太忙，也会拜托我家照顾姬野。

虽然我们把彼此视为竞争对手，但在彼此的父母面前都知道要扮演相亲相爱的小孩。我也不知道我们为什么会有这份默契，有可能只是觉得这么做对彼此都好吧。明明是那种会在桌子底下互相踢对方的脚，或是捏对方大腿的关系，但只要在父母的视线范围内，我们就会扮演成不用他们操心的青梅竹马。

不过，说不定事实真的如此。

姬野也因为同样的理由被班上的同学讨厌。她觉得自己高人一等，瞧不起别人的态度过于露骨，在教室里总被视为讨厌鬼。

我与姬野的家都在山丘附近，与其他同学的家隔了好一段距离。这给了我们一个很好的理由，把整天躲在家里的行为正当化，不需要浪费时间去同学家玩。只有在穷极无聊的时候，才会迫于无奈地露出一副“我才不是真的想来”的表情拜访彼此。

每到夏季庆典或圣诞节，为了不让双方的父母担心，我们还会特意结伴出门打发时间。就连在亲子活动日或课堂参观日，也会装出“友情万岁”的样子，给人一种“我们就喜欢两个人一起玩，因为这样最快乐”的感觉。是的，与其和那些低能到极点的同学做朋友，还不如跟惹人厌的儿时玩伴打交道来得好。

对我们两个来说，小学是一个沉重阴郁的地方。有时候，我与姬野被霸凌的问题会被提到学年会议里讨论。

我们四到六年级时，担任年级组长的女老师很了解我们的情况，只要情节不严重，都不会联络我们的家长。要是连父母都知道我们被欺负，那我们就真的成为被霸凌的小孩了。那位老师也很清楚，我们需要的只是一处忘掉这些事的场所而已。

只是无论何时，我与姬野都觉得很不耐烦，不只对身边的同学如此，内心的某个角落也觉得只能与周围的人建立起这种关系的自己很烦。

对我们而言，最困难的事就是装出笑脸。明明是该跟着大笑的时候，我们却一丝笑容也挤不出来。即便勉强抽动脸部的肌肉，却只能听到内心某块重要部分脱落的声音。我想，姬野跟我有一样的感觉。在一片哄堂大笑的气氛中，我们连眉毛也不愿挑动一下，不，或者说无法挑动更精准一些。

班上的同学总是揶揄我们自命清高。没错，我们的确孤傲，但是真正的问题不在于我们不懂得取悦他们，而是姬野和我在本质上就与他们不同——就像在错误的花季里绽放的花朵一样。

那是发生在十岁夏天的事。姬野肩上背着被丢进垃圾桶数十次的书包，与穿着被人剪出一个个破洞的鞋子的我，并肩坐在被夕阳余晖映照着的神社石阶上，等待着某件事发生。

我们的位置可以鸟瞰整个夏季庆典的会场，狭长的参道（**注:参道，亦称主参道或表参道，指日本神社中用于行人参拜观光的道路**）摆满了摊位，两侧的灯笼则像飞机跑道灯一样笔直延伸，原本幽暗的神社也因此透出微微的红光。会场里的人们都流露着欢乐的神情，使得我们无法下去走进会场。

我们之所以保持沉默，是怕一开口，会场里的声音就会趁机渗进来。所以我们拼命压抑着想张口的心情，静静地坐在原地不动。

我与姬野都等待着某件能肯定我们，能让一切变得合理的事情发生。

在蝉鸣声不绝于耳的神社里，我们或多或少都向神明祈求过吧。

当太阳准备沉下去的那一刻，姬野突然站起来，用手拍了拍裙子上的灰尘，然后走到我的面前，用双眼凝视着我说：

“我们以后一定会变得很了不起的！”

她以独特的清澈嗓音说道。

那种口吻就像说着某件刚刚确定的事实。

“……你说的将来，是多久之后呢？”我反问。

“应该不会与现在太接近，但也不会太遥远，大概就在十年之后吧。”

“十年后，”我重复着这句话，“到时，我们都二十岁了。”

十岁的我们认为二十岁是长大成人的年纪，因此我才会觉得姬野的话里有几分真实。

姬野接着说："没错，'某事'一定会在夏季发生。十年后的夏天，一定会有好事在我们身上降临，届时我们会由衷地感叹'活着真好'。变得有钱又了不起的我们，在回顾小学生活时会这么说：那所小学对我们一点帮助都没有，身边的同学都是一堆蠢蛋，连当负面教材都不够格。反正，就是一所糟糕透顶的小学。"

"是啊，一群笨蛋，念着一所烂透的小学。"我如此附和着。对当时的我们而言，这个想法算是非常新颖的。因为在小学生的眼里，学校就是全世界，所以很难置身于外，以客观的眼光批判优劣。

"所以十年后，我们一定要让自己变得有钱又高人一等啊。至少要让现在的同学们嫉妒到心脏病发作的地步才行。"

"要让他们嫉妒到咬牙切齿的地步。"我赞同姬野的说法。

"否则，现在的忍耐就毫无意义了。"她微笑着说。

我并非把这句话当成短暂的安慰。从姬野的口中听到这句话时，我就觉得未来一定会变成这样，因为这听起来就像即将实现的预言。

没错，我们绝对会变得很了不起的，不是吗？十年后，我们一定要对那些家伙还以颜色，让他们为自己的自般无礼，后悔到想死的地步。

"……而且，二十岁还真是一个了不起的年纪啊！"姬野将双手背在身后，仰望着晚霞泛红的天空说道，"十年后，就二十岁了呀。"

“二十岁就能喝酒，也能吸烟。结婚的法定年龄，好像是更早一些吧？”我这么说道。

“对啊，女孩子十六岁就能结婚了。”

“男孩子好像得十八岁吧，不过我大概结不了婚。”

“为什么呢？”

“因为我有太多讨厌的东西了。我对社会上的每件事都感到厌烦，这样怎么可能结得了婚？”

“这样啊。那么，说不定我也是这样。”

姬野说完这句话，微微地垂下了头。

夕阳将她的脸颊映得绯红，看起来与之前判若两人。

这样的她看起来很成熟，但似乎隐含着脆弱。

“……喂，既然这样，”姬野倏地与我四目交会，旋即又转移了视线，“到了二十岁，等我们都变得了不起……如果那时彼此都很丢脸地没找到结婚对象的话……”

她轻轻地咳了一下，继续说道：

“到时候，我们这两个‘滞销品’要不要在一起呢？”

就连当时的我也明白，姬野的声调之所以有所不同，是因为她觉得害羞。

“……你的意思是？”我小心地追问回去。

“……开玩笑的啦。请你忘了吧！”姬野企图以笑带过尴尬，“我只是想说说看这种话而已，我怎么可能会没人要呢？”

这家伙真行啊，连我都笑了。

不过……虽然这只是一句玩笑话，但是在姬野远走他乡之后，我仍然随时将这个约定放在心上，因此不管多么有魅力的女孩子对我示好，我都明确地拒绝了她们。不论我成了初中生，高中生，还是大学生。

若是有朝一日与她再次相遇，我一定要让她知道我还是“没人要”的模样。

我知道，这听起来很蠢。

在那之后，已经过了十年。

回顾过去，我不禁想，说不定那时已是我最辉煌的时代了吧。

第二章　结束的起点

那天，第十九次说着“实在非常抱歉”并鞠躬赔罪的我，突然眼前一黑，头部直接撞在地板上失去了意识。

那是在露天啤酒广场打工时发生的事，原因也不难理解。只要不进食，又持续在大热天里工作，任谁都会有这种下场。一个人勉强地回到公寓之后，眼睛深处痛得像眼球快要被挖出来一样。无奈之下，我只好到医院报到。

搭出租车到急诊挂号只是让原本就岌岌可危的经济状况进一步恶化而已，再加上店长强迫我暂时休假，我只好能省则省，但不知道还有哪些开支可以节省了。我已经不记得最后一次吃肉是什么时候，也已经超过四个月没理发，前年冬天买了一件外套之后，至今没买过任何一件新衣服。升上大学后，也不曾跟任何人出游。

我有着不能向双亲求援的苦衷。事到如今，也只能自己拼命赚钱了。

被迫卖掉CD与书籍是个痛苦的选择。虽然这些物品都是二手货，但也是经过我严格筛选才狠下心购买的。可是，在这间没有电脑也没有电视的房间里，也只有它们能卖掉换钱了。

与它们分手之前，我决定至少把这些CD从头到尾再听一遍。

我戴上耳机，侧卧在榻榻米上按下CD播放器的播放钮。打开从二手市场淘来的蓝色叶片电风扇后，一如往常地走到厨房倒了杯冷水。

这是我上大学以来第一次请假，不过，就算我缺席也不会有人在意吧，说不定根本没人注意到我请了假。

堆成一座塔的CD一张又一张地从右边慢慢移到了左边。

时至夏季，我已经二十岁了。不过正如保罗·尼赞所说，二十岁不一定是一生中最美丽的年华。

十年后的夏天，一定会有好事在我们身上降临，届时我们会由衷地感叹“活着真好”——姬野的预言彻底失败了。至少到目前为止，我还没遇过任何“好事”，也不觉得今后能够遇见。

不知道她现在过得怎么样了。小学四年级的夏天，她转学到很远的地方之后，我就再也没见过她了。

一切不应该是这样的。

不，或许这样正好。初中，高中，大学，按部就班升学的我，一点一滴地变成了平凡又无趣的人，我反而希望她不要看见我现在的模样。

但我又觉得，如果青梅竹马的她能陪着我升上同一所初中的话，或许我就不会变成现在这个样子。有她在身边，我说什么也会努力到底，要是做了什么丢脸的事，她一定会嘲弄我一番，如果我表现得不错，她也绝对会因此感到不甘心。或许正是彼此之间存在着这种紧张感，才让当年的我一直维持着最佳状态。

这几年，我总是如此反复地后悔着。

要是当年的我见到现在的我，又会作何感想呢？

我花了三天，将大半的CD都听了一遍后，只保留了几张非常重要的CD，便把其余的全部装到纸袋里。另一个纸袋则塞满了要卖的书，我提起这两个纸袋就上街去了。走在烈日之下，我开始不断地耳鸣，一开始还以为是不规则的蝉鸣，但那阵声音太大，宛如有蝉贴在耳边鸣叫一般。

初次造访这间旧书店，是在一年前的夏天。那时我才升上大学没几个月，对当地的巷弄还不甚清楚，所以那天我迷路了。在那一小时里，我完全迷失了方向，根本不知道自己身在何处。

穿过小巷，踏上阶梯后，我找到了这家旧书店。之后好几次想来，却总是找不到正确的地点。即便想搜寻一下，也总是记不得店名。反而是在迷路时，才会偶然碰见这家旧书店。我觉得，仿佛前往这家旧书店的小巷会随着自己的兴致决定现身的时刻。直到今年，我才有办法熟门熟路地前往这家旧书店。

不知何时，店门口开满了牵牛花。我习惯性地先确认门外陈列特价书的书架有无变化之后才走进店里。店内的灯光有些昏暗，空气里充满了旧纸张的气味，而后方传来了收音机的声音。

穿过侧身才能勉强通过的狭窄走道后，我喊了喊书店老板。一位脸上满是皱纹的老人无精打采地从书堆之间探出头来。无论来者是谁，这位老板从不露一丝笑容，就连算账的时候也只是低着头，喃喃念出售价而已。

不过今天有些不同。当我说出自己是来卖书之后，老板居然难得地抬起头来，望着我的双眼。

老人的表情，像是看到什么不得了的东西一样。这也难怪，我也不是不懂他的心情。我要卖掉的这些书全是不管读几遍都值得留在手边的珍品，对于爱书的人来说，把它们卖掉根本是件难以理解的事。

“你要搬家吗？”他问了问我，声音意外的洪亮。

“没有，没打算搬家。”

“那么，”他上下打量着我手边这堆书说，“你怎么舍得卖掉它们？”

“因为纸的口感不好，也不能转换成营养。”

老人似乎听懂了我的玩笑。

“缺钱啊？”他歪嘴说道。

我点了点头后，他把双手抱在胸前，像是陷入了沉思一般。沉默了好一会后，他突然像整理好思绪一般叹了口气，说了句“估价差不多要花三十分钟”之后，就抱起这堆书，转头走进店里。

我走到店外，看了一会立在路旁的公布栏，上面贴了一些夏季庆典、萤火虫观赏会、天文观测，以及读书会的海报。矮墙的另一侧传来了令人怀念的味道，有线香与榻榻米的香味，另外还掺杂着一股生活的臭味与木头香气。

远方某处人家里，风铃正叮当作响。

估价结束，老人说了句“拿去”后，便将大约为我预估价的三分之二的钱递给了我。

“等等，有一件事要和你说。”

“什么事？”

“你是不是正为钱烦恼？”

“反正也不是最近才开始烦恼的就是了。”

我含糊地回答之后，老人像是理解似的点了点头。

“算了，你到底有多穷，又为什么会穷到这等地步，我一点兴趣也没有，只不过，我有一件事想问问你。”

老人停顿了一下，继续说：

“你想不想出售自己的寿命？”

这几个不该排列在一起的单字，让我的反应顿时慢了几拍。

“寿命？”我带着确认的语气反问回去。

“没错，是寿命，只不过收购的人不是我，但肯定能卖出高价。”

天气应该还没有热到会让我听错的地步吧。

我稍微思考了一下。

这个老人该不会老到脑袋坏掉了吧？我暂且只能得出这个结论。

老人看着我的表情说道：

“也难怪你会觉得我在撒谎，就算觉得我痴呆了也无所谓。但是，姑且把我这个痴呆老人的玩笑当作一回事，去一趟我待会儿要告诉你的地方，你应该就会知道我说的话是真的了。”

我半信半疑地听完老人的说明。

也就是说，大致上是这么一回事：在离这不远的大楼四楼里，有一间收购寿命的店铺。每个人出售的寿命价格各有高低，寿命的价值全由日后生活的充实度而定。

“我是不太了解你，不过就外表来看，你应该不会是什么坏人，而且颇有看书的品味。你的命应该会有个好价钱吧？”

这不是以前在小学思想品德课上讨论过的题目吗？

我的心里突然有种怀念的感觉。

根据这个老人的说法，那家店除了收购寿命之外，时间与健康也在收购清单之内。

“寿命与时间有什么不同？”我问道，“我也不明白寿命与健康的差异。”

“我也不清楚详细的情形，因为我也没卖过寿命啊。不过，有些不怎么健康的家伙拖了几十年不死，一些健康的家伙却会突然暴毙，这应该就是寿命与健康的差异吧？不过跟时间有什么不同……我就想不出来了。”

老人在便条纸上画了地图，还写上了电话号码。

我道了声谢谢，就转头走出了旧书店。

我心想，就算不是我，一般人只要听到“收购寿命的店”，应该都会觉得这是老人的痴心妄想吧。他一定是因为害怕死期将近，才靠“寿命也能购买”这种幻想来维持正常。

难道不是这样吗？不然，怎么可能会有这么方便的事？

我的预想，有一半猜对了。

这么方便的事，的确不存在。

可是，我的预想，有一半却猜错了。

收购寿命的店铺，的确存在。

把书卖个精光的我，将脚步转向街上的CD专卖店。从柏油路上反射回来的阳光让我汗如雨下。虽然渴到不行，却连在自动贩卖机买罐果汁的闲钱也拿不出来。在回到公寓之前，我只得继续忍耐。

与前一间的旧书店完全不同，这间CD专卖店的冷气非常强。自动门一开启，冰冷的空气立刻笼罩全身。我深吸了一口气，将冰凉的空气吸入身体内部。店里正在播放我初中时期流行的，充满夏季色彩的歌曲。

我走向柜台，向总待在那的金发店员打了声招呼，同时用左手手指比了一下右手的纸袋。他的神情有些诧异，但随即又流露出像是被我狠狠背叛的表情。那副表情似乎在说“你这个家伙，怎么舍得卖掉这么多CD”。简单来说，他的反应跟刚刚旧书店的老人几乎如出一辙。

“今天吹的是什么风啊？”金发店员开口问我。他的年纪大概在二十五岁以上，体型瘦削，眼角微微下垂，穿着摇滚风的T恤与褪色的丹宁牛仔裤，手指总像是发神经似的抖个不停。

我同在旧书店时解释般向他说明我不得已卖掉CD的原委后，金发店员用手敲了敲柜台说道：

“如果缺钱的话……有件好事要跟你说，本来我是不该告诉你的啦，不过我个人非常中意你的音乐品味，所以要私下告诉你这件好事。”

一字一句，听起来就像写在诈骗教典上的内容。

金发店员继续说：“在这座小镇的某处，有一间专门收购寿命的店哦！”

“寿命？”我立刻反问。我当然已经注意到，这跟刚刚在旧书店的对话简直一模一样。但是，我还是忍不住反问。

“对啊，收购寿命。”他十分认真地回答。

怎么回事？最近流行开穷人玩笑吗？

正当我不知该如何回应的时候，他像是机关枪似的开始说明。

整段话的内容大致与旧书店的老人说的一样，只是这个金发店员似乎真的曾经卖过自己的寿命。但当我追问出售的金额时，他却打着哈哈说：“这部分就不太方便说了。”

金发店员将地图与电话号码写给我。不用看也知道，跟那个老人写的内容一样。

我客套地说了句谢谢就走到店外。才在太阳底下走了两步，潮湿的湿气立刻濡湿了全身。今天就奢侈一下吧——我这样纵容自己，将零钱投入路旁的自动贩卖机里，烦恼许久之后，终于按下苏打汽水的按钮。

双手紧握罐身，享受短暂的冰凉之后，我拉开拉环，一口一口慢慢地饮用，清凉饮料特有的冰甜充斥了我的口腔。由于好久没喝碳酸汽水了，所以每一口都刺激着喉咙。最后，我把喝到一滴不剩的空罐丢进垃圾桶里。

我从口袋将那两人画的地图拿出来端详一番，发现那里绝不是走不到的距离。

似乎去了那栋大楼，就能出售寿命、时间或健康。

这实在太离谱了。

我“啧”了一声，把地图揉成一团后当场丢掉。

但最终，我还是站在了那栋大楼的前面。

那是一栋老旧的大楼，外壁已渗满黑色，完全无法想象原有的颜色，恐怕这栋大楼自己也是如此吧。大楼的外观狭长，就像被两侧的建筑物压迫着。

电梯已然废弃，只能顺着楼梯爬上目的地所在的四楼。在泛黄的日光灯与充斥着霉味的空气里，我浑身大汗地一级一级往上爬。

我并不相信可以出售寿命这件事。但我认为，其实那两个人背后有着无法直接对我挑明实情的苦衷，他们的确想介绍一份高薪的兼职给我，只是这份兼职可能要冒着缩短生命的风险。

上到四楼，最先映入眼帘的是什么也没写，一片空白的大门。

但不知为何，我确信这里就是那两个人所说的地方。

我屏住呼吸，盯着门把大约五秒后，才下定决心，转开门把。

门的另一边，是一片干净到从大楼外观完全无法想象的广阔空间。我对眼前的一切并不感到意外。房间的中央，排列着空无一物的展示柜，靠墙的位置则摆满了空荡荡的架子，不过看起来仍然非常自然。

这里的确是一间奇妙的房间。若要比喻的话，就有点像是没有珠宝的珠宝店，或是没有眼镜的眼镜店，也可以说是没有半本书的书店。

直到有人出声之前，我都没察觉身边站着人。

“欢迎光临。”

我转向声音的来源，看到一位穿着套装的女性坐在那里。被挡在细框眼镜后面的眼神，似乎正在估算我的价值。

我之所以不需要开口询问“这里到底是什么店”，是因为这位女性抢在我之前，先开口问了我下面这个问题：

“您要出售的是时间、健康，还是寿命？”

我已经不想花脑筋去思考这是怎么一回事了。

要是对方想要我的话，就随他们高兴吧。

“我要出售寿命。”我立刻如此回答。

我心想，就暂时顺着她的意思应付一下吧，反正现在的我也没什么好失去的了。

尽管毫无根据，我认为假如余命还剩六十年，应该能卖六亿日元左右吧。纵使没有小学时代的自信，我还是自认比一般人来得有价值。简单来说，我认为自己每一年的寿命应该价值一千万日元左右。

到了这等年纪，我仍然无法从“只有自己最特别”的迷思中跳出。这份自信其实毫无根据，不过是过去的荣光还在作祟罢了。时至今日，我不顾眼前难以翻身的劣势，只是一味地欺骗自己：总有一天能成功，能一举摆脱之前毫无意义的人生。

随着年龄的增长，梦想中的成功越发膨胀。越是被逼到走投无路的人，就越容易陷入对逆境转胜的追求。只不过，这就是人性尤可救药之处。就像在落后十分的第九局下半场，高飞牺牲打（**注：棒球术语。是指打击手在无人出局或一人出局的情形下，击出高飞球被接杀之后，在不是因为对方野手失误的情形下，使三垒上的跑垒员回来得分的情形**）已无济于事，明知很可能挥棒落空，也只能全力挥击，力拼长打（**注：棒球术语。安打中垒打数大于一者，称为长打**）来挽回局势了。

不知从何时起，我已经沉浸在梦想之中。我知道，只有成为家喻户晓的名人或造就了难以磨灭的传说，我才能得到救赎。

要将我这种人引回正途，恐怕得先请人全面否定我一遍才行。必须把我逼到无处可逃，无法自保的地步，再将我折磨得体无完肤。

这么说来，出售寿命恐怕是正确的选择吧。

因为这么做不只否定了我目前为止的人生，也完全否定了我未来的人生。

仔细观察之后，才发现那位穿着套装的女性非常年轻，光从外表来看，应该介于十八岁到二十四岁之间。

她告诉我估价大约需要三小时才能完成，同时双手已开始在手边的电脑输入数据。感觉需要完成某些繁琐的步骤，但似乎不需要我报上名字。而且，明明估价物是珍贵无比的人生，估价却只需要三小时就能完成。当然，价值最终由对方决定，所以并不是用一般的方式吧——只是，所谓的“标准”也是由他们单方面决定的。

走出大楼后，我漫无目的地在附近闲晃。天空逐渐阴暗下来，双腿也走到疲累，而肚子早已空无一物。虽然想到附近的餐厅稍事休息，但口袋里却连这点闲钱也没有。

走进商店街，恰巧在长凳上发现了七星香烟与只卖一百日元的打火机，我环顾四周，没瞧见可能是主人的人，于是若无其事地坐在旁边，偷偷地将它们摸进口袋。之后立刻起身走进小巷里，躲在废木材的旁边点烟，然后深深地吸了一口。由于太久没抽烟了，从抽第一口就开始，喉咙就烧灼发痛。

踩熄烟蒂之后，我往车站的方向走去。这时，我又渴了起来。

我坐在车站前方的广场长凳上望着地上的鸽子。坐在对面的中年女性不断地喂着鸽子。这位女性打扮有点太过年轻了，喂食的手势也静不下来，光是盯着看就让我有种说不出来的烦躁。而且看着鸽子啄食地上的吐司，我居然被勾起了食欲，这真令我厌恶自己。说不定肚子再饿一点，我就会趴到地上与鸽子抢食了吧。

但愿能卖得高价 —— 我如此期待着。

就像大部分卖东西的人一样，在估价结束之前，我尽可能地低估自己寿命的价值。原本预估的价钱在六亿日元左右，不过我做了最坏的打算，以免到时候因为价钱太低被吓到。

这个最坏的打算大概是三亿日元。

小时候，我认为自己至少值三十亿日元，相较之下，现在这个价钱应该算是过分低估了吧。

不过，我对自己的估价还是太过宽容了。还记得姬野说过，上班族一辈子的平均薪水大概介于两亿日元至三亿日元之间。可我记得，当年第一次思考寿命的价值时，曾在前途看似黯淡的同学发言后，暗自揶揄过她:若让我过着和她一样的人生，我大概不会设定售价吧——说不定还会被反过来索要垃圾处理费呢。

我提早回到店里，窝在沙发上打盹，直到女店员喊了我的名字才醒过来。

估价似乎已经完成了。

“楠木先生。”没错，那位女店员的确喊了这个名字。我记得来这里之后不曾报过自己的姓名，也没有拿出任何身份证件，显然对方通过某种渠道获得了我的个人资料。

这间店果然暗中进行了一些超乎常理的操作。

不可思议的是，当我再次步入这栋大楼时，居然也开始相信出售寿命这种胡说八道的事了。虽然是基于千丝万缕的理由才得出的结论，不过硬要从中举出最有根据的理由，应该就是那位女店员吧。

对第一次见面的人就产生这种感觉可能有点怪异，不过……我感觉与这位女性有关的一切，似乎没有半点虚假——我真的就是这么认为的。这位女性身上散发着某种与正义感和道德观无关，但视钱财如粪土，同时厌恶不公平的味道。

然而事后回想起来，我才明白自己的直觉是多么不可靠了。

……回到估价的话题。

当听到女店员说出“三十”这个数字时，我的内心对自己还抱有一丝期许，一瞬间忍不住露出期待的表情。我不禁反射性地认为小时候估的“三十亿”果然正确。

看到我这副模样，女店员露出一副抱歉的表情，又用食指搔了搔脸颊。她似乎不忍心直接告诉我结果，只好将眼神投往电脑窗口，飞快地按了几下键盘之后，将一张打印出来的报表放在柜台上。

“这就是您的估价结果，不知您意下如何？”

最初，我以为写在估价表里的“三十万”是每一年的定价。

如果人生以八十年计算，总价就是两千四百万。

两千四百万——这个数字一直在我脑海里盘旋。

我顿时觉得全身的力气都被抽光了。

再怎么样也不该如此廉价吧？

事已至此，我决定试着怀疑这间店。该不会是某个电视节目的企划，还是哪里的心理学实验吧？不对，有可能只是一场单纯的恶作剧而已……

只可惜无论替自己找多少借口也是枉然。唯一能说服自己的只剩下常识，然而除了常识之外的感觉都告诉我，这位女性说的都是正确的。

当不合理的事情摆在眼前时，应该相信皮肤的触觉而不是常识——这是我的信念之一。

看来，我非得接受两千四百万这个数字了。

光要说服自己，就需要不少勇气。

紧接着，女店员面向我说出了更为残忍的事实：

“在此要提醒您的是，这次余命年均估价为最低收购价格的一万日元。由于您只剩三十年又三个月的寿命，所以您大约可以从本公司领取三十万日元。”

此刻，我不禁噗嗤一笑。为的不是觉得她在开玩笑，而是我居然会如此客观地审视眼前的残酷事实，这真是太滑稽了。

正如数字显示，与我的预估价差了好几位数的金额，正清清楚楚地写在估价表里。

“这次的估价依据的并非普世的价值观，充其量只是参照了本公司的标准而已。”

女店员的语气里似乎带着一丝辩解。

“我想进一步了解贵公司所谓的标准。”当我说出这句话，眼前这位女店员不耐烦地长叹了一口气。看来她之前已被问过千百次相同的问题了吧。

“由于鉴定的细节是由另一处的咨询部门负责，所以我并不清楚实际的过程。我只知道一个人的幸福度、目标实现度、贡献度这些因素会影响估价的高低……换言之，剩下的人生有多幸福，或是能让别人获得多少幸福，又或者能否完成梦想以及对社会是否有贡献，都会成为估价的依据。”

如此公正的鉴定标准，仿佛直接给了我当头一棒。

无法获得幸福，无法带给别人幸福，无法实现梦想，对社会毫无贡献。如果只是其中一项不符标准才导致对方出价过低的话，还不至于让我如此失望。但要是我真的无法让自己与别人获得幸福，也无法抓住梦想，更无法对社会尽一己之力……我又该从哪里获得救赎呢？

更何况仅余下三十年的寿命对年仅二十岁的我而言，实在是太短了一些。难道之后我会生一场重病？还是会遭遇横祸？

“为什么我只剩这么短的寿命呢？”我不甘心地明知故问。

“实在非常抱歉，”女店员不好意思地微微点头说，“有关后续的信息，只能提供给出售时间、健康或寿命的顾客参考。”

我皱着眉头陷入沉思。

“请让我思考一下。”

“请自便。”虽然她这么回答，但从那种语气可以感受到她在催促我快快做出决定。

结果我只留下三个月，将剩余的三十年寿命全部卖掉了。每天打工的生活加上旧书店与CD专卖店的事情，让我不再对便宜卖掉手边的东西这件事有任何排斥。

当女店员逐条说明契约书的内容时，我根本什么也没想，只是顺口随便回应她而已，即便被问到“有没有什么想问的”时，也只回答了“没有”。

我只想趁早结束这一切，赶紧走出这里。

走出这间店，走出这个人生。

“总共可以进行三次交易，”女店员告诉我，“剩余的两次，您可以选择出售寿命、健康或是时间。”

我领取装了三十万日元的信封就走出了店外。

我搞不清楚被动了什么手脚，但的确有种生命流失的感觉，像是原本用来塞满身体的某些东西突然被拿走了九成一样。要比喻的话，就像被斩首的鸡还能四处走动的感觉，或是形容成行尸走肉也很恰当。

这副不到二十一岁就被宣判死期的皮囊，与打算活八十年的身体完全不同。它似乎变成了急性子，连寻常的一秒也变得价值非凡。原以为能活到八十岁的我，潜意识里总是有种“反正还有六十年可活”的怠慢，然而一旦只剩三个月的寿命，一股“非得做点什么”的焦虑感便席卷而来。

话虽如此，今天还是想回家补充睡眠。一整天的东奔西走已经让我筋疲力尽了。所以在思考今后的事之前，也得先舒爽地睡个饱再说。

在归途中，我与一名奇特的男子擦肩而过。这位看起来二十出头的男子脸上堆满了笑容，一个人乐不可支地走在路上。

真是让我生起一把无名之火。

于是我绕去商店街的酒铺买了四罐啤酒，又去熟悉的路边摊买了五支鸡肉烤串，一路边走边吃地走回家里。

我只剩下三个月的寿命，也没必要把钱绑死在裤腰带了。

好久没尝过酒精的味道了。也许是因为很久未曾这么消沉，我一下子就醉了，而且还是酩酊大醉。我回到家不足三十分钟就开始疯狂地呕吐。

人生最后的三个月就这样开始了。

以起跑的方式来说，算是最糟的那种吧。

第三章　抱膝旁坐的监视员

还记得那晚我不仅身体不适，还热得辗转难眠。幸亏如此，我才得以将梦境记得一清二楚。

即便睁开双眼，我仍躲在棉被里反刍梦境里的一切。那并非一场噩梦，应该说，是一场幸福的梦。只可惜，越是幸福的梦越是残酷。

梦中的我是一名高中生，场景在公园。虽然公园并不眼熟，但公园里的人都是我的小学同学。这一个梦境的设定好像正在举办同学会。

梦里的每个人都拿着仙女棒玩得不亦乐乎。被火花照亮的烟雾透出万紫千红的颜色，而我却站在公园外面凝视着他们。

“高中生活还好吗？”不知何时来到身旁的姬野突然冒出这句话。

我侧眼瞄了一下身旁的她，却看不清她的脸庞。这也难怪，我从十岁之后就没有见过姬野，自然也无法想象高中的她长什么模样。

但我清楚，梦中的我打从心底觉得她很漂亮，而且也以身为她的老朋友自豪。

我坦白地回答道：“算不上愉快，却也不那么糟。”

姬野轻轻地点了点头，告诉我她的情况也和我差不多。

我内心暗自窃喜:原来我们拥有差不多悲惨的青春岁月。

“事到如今才能如此回忆过去。”她说,“那个时候,的确很快乐啊。”

我回问她:“你说的是什么时候呢?”

姬野没有回答,兀自蹲下,接着抬起头说:“楠木,你到现在也没有把自己推销出去吗?”

“算是吧。”我一边回答她的问题,一边凝视着她的表情。我想看出她的反应。

“这样啊。”姬野微微傻笑着,“嗯,我也还没人要。”

接着她又略带羞涩地补了后面这句话。

太棒了,一切如同希望。

是啊,就如我期待的一样。

这场梦顿然停止。

这不是二十岁的人该有的梦。做这种充满孩子气的梦,连我都开始讨厌起自己了。可是就在此刻,心里出现了另一个拼命想记住这场梦的我。因为忘掉实在可惜。

我知道,十岁的我其实并没有太喜欢姬野,对她的好感也只有一小撮而已。

问题是,之后不论遇见谁,我连这么“一小撮的好感”也不曾有过。

该不会这一小撮的好感已是我人生中最重的情感了吧——当我

察觉这件事，已是她远走他乡之后很久的事了。

我将这场与姬野有关的梦巨细无遗地记入脑中之后，便继续躺在棉被里，将昨天发生的事重新回想了一次。在那栋老旧的大楼里，我将自己的寿命卖得只剩下三个月。

我从不觉得那是一场白日梦，因为昨天发生的一切已经成为了真实的记忆。

我也不后悔如此莽撞地卖掉一大半的寿命，更没有那种失去了才懂得珍惜的心情。真要说的话，心中放下一块大石头的感觉更为强烈。

在此之前，让我苟活至今的就是那份“说不定之后会遇到好事”的肤浅期待。虽说是毫无根据的期盼，却是一份难以割舍的依恋。只是这个世上没有那种绝对能让人咸鱼翻身的保证罢了。

这份期待既是救赎也是圈套。换个角度来看，昨天被告知今后绝对不会有任何好运降临在自己身上之后，我反而觉得这是一件值得感恩的事。

这样一来，我就可以安心地等待死亡。

既然木已成舟，我唯独希望剩下的三个月能够快乐一点。

过去的人生虽然浑噩，但至少在觉悟死亡将至的这三个月里，我过得还算幸福——我希望在人生的最后一刻，能如此回忆这一段时光。

首先，我准备先去书店翻翻杂志，想想接下来该做的事。就在这时，门铃突然响起。

照理来说，我不会有任何访客，在此居住的这些年间，也不曾有人前来拜访，今后的三个月也理应如此。该不会是按错门铃吧？还是来收钱的？难道是推销吗？不管是哪一种，我都有一股不祥的预感。

门铃再度响起。就在我勉强爬出棉被的瞬间，昨晚那股恶心的感觉旋即袭来。是宿醉啊！即便如此，我也只能忍住吐意走往玄关开门，没想到站在门前的是一位陌生的女子，旁边还拖着一只非常适合她的行李箱。

“……请问您是哪位？”我纳闷地请教对方。

她露出不敢置信的表情后，不情不愿地从包包里拿出眼镜戴上，然后用一副“这样就看得出我是谁了吧”的表情望着我。

我总算看出来了。

“你是昨天替我估价的……”

“没错，就是我。”她抢先一步回答我。

由于昨天的套装实在令人印象深刻，与换上便服的她简直判若两人。她穿着一件棉质上衣，外面搭配着一身铁灰蓝的吊带裙。昨天她把头发绑在脑后，所以没发现她原来拥有一头及肩的黑发，而且发尾还微微向内卷。在那双眼镜难以遮掩住的大眼里，似乎透着一股莫名的忧郁。我把眼神投向她露在裙外的双腿，发现右膝上贴了一大块止血贴，即便从止血贴外面也能看得出伤口非常深。

单凭第一印象，只能推测她的年龄在十八岁至二十四岁之间，无法判断准确的年龄，但是见到今天的她，我就有了底，她应该与我年纪相仿，大概就是十九岁或二十岁。

但令人不解的是，她为什么要来这里？

我最先想到的理由，便是她是为了告诉我估价有误才来的，例如在估价时，不小心出现了弄错位数或是拿错了别人的估价结果之类的失误。我不禁期待她是来登门赔罪的。

她将眼镜取下，小心地收回眼镜盒后，将不带一丝情绪的眼神转回我的身上。

"您好，我是从今天开始担任监视员的宫城。"

语毕，这位叫做宫城的女子，向我轻轻点了一下头。

监视员？我完全没有相关的记忆，但总觉得好像真的有这么一回事的样子。就在我回想昨天与宫城的对话时，那股呕吐感突然涌上喉头，逼得我奔入厕所狂吐。

胃里的东西被吐得精光后，我一走出厕所就看见宫城直直地站在厕所门前。就算是为了工作，这个女生也太不懂人情世故了吧。我把她往旁边一推，走去洗手台洗脸刷牙。倒了杯水大口喝下后，便躺回了棉被里。头还是痛个不停，房里的闷热加剧了头痛程度。

"虽然昨天已说明清楚了，"不知何时走到枕头旁边的宫城突然开口,“由于您的余命不足一年，所以即日起，必须随时监控您的一举一动。然后……”

“这些事可不可以待会再说？”我毫不客气地请她住嘴,“如你所见，我很不舒服。”

“我明白了。那么，稍后再为您说明。”

语毕，宫城拖着行李箱走到房间的角落，背向墙壁抱膝而坐。

自此，她的眼神就不曾从我身上挪开过。

看来只要我在房间里，她就打算坐在那里监视我。

“您只要当我不存在就好，”宫城从房间角落说出这句话,“请不要有所顾忌，和往常一样悠哉度日即可。”

纵然她如此提醒，还是改变不了有个与我年龄相差无几的女生正在一旁监视我的事实。我怎么可能毫不在意？所以总会忍不住偷偷往宫城的方向看。她似乎在笔记本里写了一些数据，可能是所谓的监视记录吧。

被人单方面观察真是让我不悦，被她凝视的那半侧像是遭人用眼神灼烧着似的。

她昨天的确详细地向我解说过监视员的工作。根据宫城的说法，若是放任在那间店卖掉寿命的人不管，当余命不剩一年时，大部分的人就会变得自暴自弃，然后做出各种不正当的行为。虽然她没告诉我那些不正当行为的具体内容，但大致上也能想象得到。

人们之所以遵守规则，是因为如果要继续在世上生存的话,“信用”对人而言至关重要。只是一旦知道自己的生命即将终了，情况可就不同了，因为“信用”是无法带往彼岸的。

监视员制度，正是为了避免出售寿命的人因为自暴自弃而危害他人所制定的系统。只要发现余命不足一年的人做出不当的行为，监视员可立刻联络本部，并在不顾原本寿命长短的情况下立刻结束监视对象的性命。简单来说，那个抱膝坐在房间角落的女生，只要一通电话就能立刻夺走我的性命。

只不过，一旦人们知道自己离死期不远，就不愿意再给别人造成麻烦了。因此当余命只剩三天时，监视员会离开监视对象——这似乎是有统计依据的非偶然结果。

只有最后三天，能一人独处。

不知何时，我迷迷糊糊地睡着了。一觉醒来，头已不痛，也不再想吐了。时钟里的时针指着晚上七点左右，如此珍贵的三个月就这么浪费掉第一天，真是糟透了。

宫城依然一动也不动地坐在房间的角落里。

我强迫自己尽量不去在意她，像往常一般生活。我用冷水洗脸，脱掉居家服，换上颜色褪至淡白的蓝色牛仔裤与衣缘松垮的T恤之后，便外出买晚餐。担任监视员的宫城总是跟在我身后，并保持五步左右的距离。

走着走着，炙热的夕阳实在炫目。天空中布满了黄澄澄的晚霞，远方的树林传来阵阵晚蝉的鸣声，单行列车正毫无朝气地穿过行人道旁的铁路。

我来到了旧国道旁的全自动餐厅。这是一栋宽长的建筑物，树木从店铺的后侧开始蔓延，像要覆盖整间店面一般生长着。招牌，屋顶，外墙，找不到一处还未褪色的地方。店里约有十台排成一列的自动贩卖机，其正面陈设着两张桌脚细长的桌子，每张桌子上还摆着辣椒粉与烟灰缸。角落那台有着十年以上历史的大型游乐机放出来的背景音乐，为店内灰暗的气氛增添了一抹亮色。

我将三百日元投入面食自动贩卖机后，便抽着烟等待机器煮好食物。宫城坐在一旁的圆椅上，抬头看着店里唯一一盏正在闪烁的日光灯。这个女生在监视我的同时要怎么用餐呢？她不可能不需要吃东西吧？不过她身上的确散发着一股不寻常的气息，就像一台机器，让人感受不到半点人味。

把眼前这碗只剩热度，味道却乏善可陈的炸虾荞麦面吃完后，我从饮料自动贩卖机买了一罐咖啡，这甜死人不偿命的冰咖啡深深沁入了这副干涸的躯壳。

余命不足三个月，却特别浪费时间来吃这种自动贩卖机做的廉价劣食的人，恐怕也只有我了。不过在此之前，我本来就没有出远门找一间高级餐厅大啖美食的打算。这几年的贫困生活让我的想象力也变得贫乏了。

我用完餐便返回公寓，拾起圆珠笔，翻开笔记本，准备逐条写出今后的生活方针。尽管先写出不想做的事情会比列出想做的事情来得容易，但是一下笔，在死期来临之前想完成的心愿就自然在脑海里浮现了。

死前愿望清单：

·不去大学上课

·不工作

·顺从欲望

·享受美食

·欣赏美丽的事物

·留下遗书

·与成濑见面聊天

·向姬野表明心意

“那个心愿最好放弃哦。”

一回过头，才发现原本待在房间角落的宫城已站在我的身后，窥视着我写在笔记本里的内容。

她指着的那个愿望，偏偏就是“向姬野表明心意”那一个愿望。

“监视员非得要观察到这种地步，还要在一旁说三道四吗？”我不满地质问她。

宫城并未正面回答我的问题，而是说："这位姬野小姐也遭遇了各种事情。她在十七岁时生了小孩，之后便被高中退学。虽然十八岁时结了婚，但是在一年之后就离婚了。如今二十岁的她正在娘家养育小孩。两年后，她将会跳楼自杀，还留下一封悲痛的遗书。即便你现在去见她，也不会有任何好事发生，而且姬野小姐早就把你忘得一干二净，就连十岁时的那个约定也早就忘了。"

我的喉咙挤不出半丝声音，感觉肺里的空气瞬间变得稀薄。

"为什么……你对我的事情了解得这么清楚？"

我好不容易喘了口气，强忍住内心的慌乱问出这句话。

"从语气判断，你似乎可以知道未来发生的事情？"

宫城在眨了两三次眼睛后摇了摇头说：

"我所知道的，只有楠木先生与亲友之间'原本可能发生的事情'而已。只不过事到如今，这些已经是毫无意义的信息了。因为当您卖掉寿命时，您的未来就产生了极大的转变。而且我能知道的，也只有'原本可能发生的事情'之中，特别重要的事件而已。"

宫城一边看着笔记本的内容，一边伸出右手，轻巧地将头发拨到耳后。

"您似乎认为姬野小姐是非常重要的人，因为在楠木先生的'生涯概要'里，只写了有关姬野小姐的事情。"

"重不重要也只是相对而论吧？"我立刻回嘴否定，"对我来说，那只是因为其他的事情没那么重要而已。"

“或许真是如此吧。”宫城如此回应我，“总之，我只能告诉您，现在去见姬野小姐只不过是浪费时间而已，只会让美好的回忆被摧毁殆尽。”

“那还真得感谢你贴心的提醒啊。可是，我的回忆早就被践踏殆尽了。”

“可是，不去见面才能节省时间吧？”

“或许真是如此。不过，你可以轻易地把未来的事情告诉被监视的我吗？”

宫城不解地歪着头，反问道：“容我反问，为什么不能向您提及未来的事呢？”

这突如其来的一问，的确问得我不知所措。纵然我要利用这些未来的信息干坏事，宫城也只需一通电话就能立刻终结我的性命。

“基本上，我们希望您能安稳地度过余生，”宫城继续说，“为此，我们会提出一些建议或是警告。”

我搔了搔头，想着要说些什么还以颜色。

“喂，你或许是想让我避免受伤或失望，但这样的行为等于夺走我承受伤害与失望的自由，不是吗？没错……假设，我想从姬野的口中听到事实，也愿意为此受到伤害，而不是间接地从你的口中听到一切，那么你的所作所为就是多管闲事。”

宫城神情不耐地叹了口气。

“是这样吗？我本是出自善意，假若让您有所不悦，或许我的发言真的不够谨慎，请您原谅我的轻率。”

语毕，宫城十分干脆地低头赔罪。

“……只不过，有件事需要事先说清楚。我劝您对于之后可能发生的事情，别抱有任何‘公平’或‘合理’的期待。因为您已经出售了自己的寿命，这等于您自愿跳进这个不讲道理、不合逻辑的世界。在这个世界里，再怎么强求‘自由’或‘权利’都是徒劳，因为，一切都是您自愿的。”

宫城说完这番话之后，又走回房间的角落里，抱膝坐下。

“话虽如此，这次您主张的‘受伤与失望的自由’，我还是会予以尊重的。所以您在死前想完成的其他愿望，我不会再有任何意见。只要不造成他人麻烦，请您随心所欲地完成自己的心愿，我绝对不会再阻止您。”

我心想，不用她说我也会这么做。

那一瞬间，从宫城脸上闪过的悲伤表情并未逃过我的眼睛。只是，当时那个表情到底有什么意义，我并没有继续深究下去。

第四章　容我公布正确答案吧

那天列出死前愿望之后，我的愚蠢就变得更加无可救药。

我告诉宫城自己只是打一通电话就马上回来，然后特地走到公寓外头去打电话。其实真正的目的是不想被宫城听到通话内容，但宫城依旧尾随在后。

我上次主动给别人打电话，已经是很久之前的事了。我紧紧盯着手机屏幕里“若菜”这个名字，许久不放。

公寓后面的林子里，夏虫正唧唧地叫着。

看来，只是打一通电话就让我紧张得不得了。回想起来，从幼时开始，我就不曾主动找过谁出游，也不曾积极与人交谈。或许我因此丧失了许多机会，但相对的，也不必为这些人际关系烦恼，也不曾产生任何后悔或满足的情绪。

我让思绪暂停流动，趁着这几秒短暂的空白，不假思索地按下了手机的通话键。一旦电话拨出，接下来就是我的工作了，而话题内容就顺其自然吧。

拨号音让紧张感越发高涨。一声，两声，三声……直到此时我才想到对方也有可能不接电话。久未主动打电话联系别人，脑子里才会有这种只要打电话对方就会接听的错觉。四声，五声，六声……

看来对方不太方便立刻接听电话。心中的某处也因此突然松懈下来。

拨号音响至第八声后，我终于放弃等待，按下了停止通话键。

若菜是我大学的学妹，原本打算邀请她一同用餐。如果事情发展顺利的话，说不定在我寿命告终之前，都能有她陪在身边。

事已至此，一股寂寞的酸味突然涌上咽喉。在知道自己明确的死期之后，我最先感受到的变化，便是那份至今从未有过的，渴望与人见面的心情。总之，我那股想跟别人说话的心情变得强烈无比。

若菜是在大学时期唯一愿意对我示好的人。今年春天，我与刚刚入学的若菜在前面提到的那间旧书店相遇。当时站在店里的若菜正专注地盯着破烂发霉的旧书，而我明明是恶狠狠地瞪着她，以眼神示意要她别挡路，让她滚到一边去。但她曲解了我的意思，以新生常有的自作多情，自以为盯着她不放的我虽然面生，但有可能是曾打过照面的朋友。

“不好意思，我们是不是曾在哪里见过面呢？”若菜嗫嚅地开口问我。

“没见过，”我斩钉截铁地否定了她，“这是我们第一次见面。”

“啊，原来是这样呀，真是对不起。”若菜似乎察觉了自己的误会，于是难为情地转移视线，不过随即露出重整心情的微笑：

“这么说，我们就是在这间旧书店邂逅彼此咯？”

这次轮到我感到困惑了：“这怎么算是邂逅啊？”

“真的，这就是大家口中的邂逅啊，真是太棒了！”若菜边开心地说着，边将旧书放回书架上。

几天之后，我们又在大学里相遇。自此之后，我们就常常一起吃午餐，偶尔也会一同逃课，各抒对书本或音乐的意见。

“能遇见比自己还爱读书的同龄朋友，这还是第一次呢。”若菜说这句话的时候，眼底闪烁着光芒。

“我是读而不学，根本没从书里得到半点东西。”我如此回应若菜，“我没有能从书中吸收价值的资质，所做的不过是将大量的高汤从大锅子倒进了小盘子里罢了。而且才倒入一点，高汤就立刻从盘子溢出来，半滴也留不住。”

“真的是这样吗？”若菜歪着头疑惑地问，“我觉得尽管看似不曾吸收或是会立刻忘记，但只要读过一次，一定会在脑子里留下痕迹，然后会再不经意地化为有用的信息。”

“也许真的有这么一回事啦。至少我觉得……正因为我是这样才这么说的，年纪轻轻就成为书虫可不是什么好事。读书就是没事可做的人才会做的事。”

“楠木学长没有想做的事情吗？”

“除了打工之外，没什么想做的。”

听了我的回答，若菜的脸上绽出藏不住的笑容，用手指戳了戳我的肩膀说：“那让我替你增加一些想做的事情吧。”话一说完，她旋即抽走我的手机，输入了自己的电子信箱与电话号码。

要是当时我知道姬野已经历过怀孕、结婚、生产和离婚这些人生历程，也知道她已把我忘得一干二净的话，我一定更愿意对若菜多一些异性间的关心。可惜初春时的我还忘不了与姬野的约定，还坚持让自己在二十岁之前是个没人要的人。所以我不曾主动给若菜打电话，即便接到她的来电，有两三次也在几分钟之内挂断，收到的邮件也是冷处理。总之，就是不希望让对方有多余的期待。

不论何时，我都是个无可救药又时运不济的人啊。

我丝毫没有心情留下语音，仅给她发了一封邮件告知打电话的用意：

虽然有些突然，明天有空出门吗？

我不希望让若菜觉得字句冷漠，也不想破坏若菜对我的印象，在斟酌每处的用字后，才慎重地把邮件发了出去。

没想到对方马上就回复了我。光是这点就足以令人感到安慰。果然还是有人愿意关心我的。

正当我想着是不是该一反常态地立刻回复时，我才发现自己搞错了。

刚刚那封邮件不是若菜发来的。如果只是这样的话，倒也还好。谁知邮件里那串英文的意思居然是“该名用户不存在”。

也就是说，若菜已经更换了电子信箱的地址，而且是在没通知我的情况下。或许她早就觉得不需要与我保持联络了吧。

当然，也有可能是她一时忘记了，说不定待会就给把新邮箱的地址发给我。

只是我心中明白。

我跟她的关系早就过期了。

看到我眼神空洞地盯着手机屏幕，宫城似乎觉出了不对，于是蹑步走到我的身边，窥视着我手里的手机，然后宣布：

“接下来，容我公布正确答案吧！”

“您正打算联络的女性是您最后的希望。若菜小姐或许是这个世上最后一个爱过您的人。要是您可以在春季时主动回应她的示好，你们现在应该是一对心意相通的恋人了，或许您的寿命也不会变得如此廉价……可惜，现在有点为时已晚了呢。若菜小姐已觉得您是个可有可无的人，不对，她可能对于毫无回应的您还怀着些许恨意，正打算将最近开始交往的男朋友带到您面前，好好刺激您一番。”

宫城无视我就站在眼前，直言不讳地说出这段事实。

“今后，再也不会出现第二位喜欢您的人了。旁人似乎已经知道您将他人当成排解寂寞的道具了哦。”

隔壁房间的窗户流出了欢乐的声音，看来是一群大学男女正在闹腾。从那扇窗户透出的光线比从我房间的要明亮许多。从前的我根本不会如此比较，如今却觉得那些光线刺眼无比。

手机在最不适当的时候响起。原来是若菜的回电啊。心中虽然闪过干脆不接的念头，但如果对方继续打来也很麻烦，所以我还是选择接听电话。

“楠木学长，刚刚是你给我打电话吗？有什么事情吗？”

虽然若菜的语气一如往常，但方才经宫城那么一说，便让我觉得她的话里带着责备的语气，听起来就像“现在还打电话来干什么”一样。

“不好意思，我不小心拨错号码了。”

我尽力假装开朗地回应。

“原来是这样啊。说的也是呢，楠木学长本来就不是个会主动给别人打电话的人呀。”若菜笑着说道。那种笑声听起来又像是另一种嘲弄，仿佛在说“所以我早就看透你了”。

“是啊，你说得没错。”

感谢若菜特地回电之后，我立即挂掉了电话。

隔壁房间似乎变得更加吵闹了。

我丝毫不想回到房间里去，直接在外面点烟抽了起来。在抽完两根烟之后，就直接走去附近的超市，悠哉地在店里晃了几圈，然后把六罐装的啤酒、炸鸡，以及泡面放入购物篮里。这是我第一次把出售寿命所得的三十万日元拿在手上。我原本难得想奢侈一番，却不知道买什么才算奢侈。

宫城手上的购物篮里放了一堆味道平淡的Calorie Mate（**注：一个由日本大家制药生产的能量补充食品品牌**）与矿泉水。其实她买东西这件事没什么值得惊讶的，只是难以想象她吃东西的画面而已。因为她就是一个不具人类气息的女生，进食这种如此原始的人类行为实在与她不搭。

即便如此……我的内心深处却悄悄地想，我们看起来是不是很像一起出门购物的同居情侣呢？这真是个荒唐……可是又让人觉得幸福的错觉。我不禁暗自希望，要是与我擦肩而过的人也能有相同的错觉就好了。

为了避免误会，我有件事要先说清楚。我对于宫城，本来就有种刻意疏远的感觉。只是我很早就偷偷地憧憬某一天能与同居的女孩一起穿着居家服，一起外出采买食材或酒。每当我见到这种情侣，都会为自己浅浅地叹息。正因为如此，即便身边的她意在监视，能与年轻女生在夜里到超市购物仍是件值得兴奋的事情。

这真是虚幻的幸福，但我就是难以自抑地享受着。

宫城先我一步在自助柜台结完账，两个人提着购物袋一起走回公寓。隔壁邻居喧哗依旧，频繁的脚步声不断穿壁传来。

老实说，我真的很羡慕隔壁的那些大学生。在此之前，我从未有过类似的心情。即便遇见一群正在欢娱作乐的人们，也只会暗自觉得到底有什么值得这么开心？

只是，一旦意识到死期将近，我那扭曲到不行的价值观似乎被完美地修正了。

我想像常人一样，与人好好相处。

大部分的人应该会在此刻向家人寻求安慰，因为不管遭遇任何事，只有家是永远的避风港，是最后的归属——我知道一般人都会有这种想法。

可是，不是每个人都觉得家庭是一个温馨的地方，至少对我而言，无论剩下的三个月遇到什么事，唯独家人我一点也不想联络。正因为时日无多，我更要彻底避开所有令人不悦的可能性。

从小弟弟就不断夺走父母对我的疼爱。弟弟在任何方面的能力都比我优异许多。他个性直爽，身材高挑，五官也十分清秀。从以前一直到如今十九岁为止，身边从不缺乏恋人陪伴，就连念的大学排名也在我之上。弟弟的运动神经十分发达，高中时期还曾踏上甲子园的投手土台。我这个哥哥没有一处比弟弟优秀，别说追求自我成长，连原本的能力都留不住，只能一年一年被快速成长的弟弟拉开差距。

父母亲将所有的关爱灌注在弟弟身上，其实也无可厚非。即便我这个做哥哥的被当成是失败品，也从未觉得不公平。相较之下，我的确是个失败品，假设我与弟弟得到同等的疼爱，那才叫做不公平吧。如果我有子女，想必也会做出相同的决定。爱值得被爱的，投资值得被投资的那方，到底有什么错呢?

现在才想回去老家享受无偿的亲情，安稳地过完剩余的日子早已是缘木求鱼。或许闯入隔壁房间，让那群正在作乐的大学生们接受我还显得实际一点。

就连等待热水煮沸的时候，我也喝着啤酒，吃着炸鸡当下酒菜。等到泡面煮好，我早就随心所欲地喝醉了。果然，在这种时候还是得靠酒精壮胆，只要注意把握好分量就行。

我走到正在房间角落写着笔记的宫城身边问:“要不要一起喝酒？”这种时候只要有一个人能陪我喝酒，我就心满意足了。

“免了，我正在工作。”宫城头也不抬地拒绝了我。

“我从刚刚就很好奇，你到底都记录了什么？”

“有关您的行动记录。”

“这样啊？那我现在告诉你，我，喝醉了哦！”

“如您所说，您看起来的确喝醉了。”宫城微微点头表示认同。

“不只这样啦，我现在，很想和你喝酒。”

“我知道，您刚刚就问过了。”

宫城露出了十分厌恶的表情。

第五章　接下来发生的所有事情

关灯之后，我还是酒不离手。可喜的是，这一天我平静地喝醉了。此时不要违抗自己的心情，反而要主动跳入火坑，陷入自怜自爱的情绪，才容易振作起来。

再熟悉不过的房间，似乎有些变化。从窗外洒进来的月光将室内染成了深蓝色，溜进房间里的夏夜凉风与仿佛座敷童子般静坐在一旁的宫城，让室内的场景变得与往日截然不同。我从来不知道这个房间还有这样的一面。

我感觉自己正在舞台两侧待命，唯有登上舞台，我的演技才能发挥出来。

我突然有种凡事莫不可能的自信。或许是因为酒醉，我才能如此自傲地将自己的无能暂时抛在脑后，而我也误会自己已有些转变。

我走向宫城，高傲地说：

“我，要在剩下的三个月里，拿着出售寿命所得的这三十万日元改变一些事情。”

高声宣布之后，我将罐里剩余的啤酒一口饮尽，然后猛地将罐子放回桌子上。

不过，宫城的反应依旧冷漠。

她只是将视线稍稍上抬几厘米，说了句“哦，是吗”，就让视线落回笔记上。

我不顾她的冷淡继续说道：“虽然只是三十万，却是我宝贵的性命，这可是比三千万，甚至是三十亿都来得有价值。我一定要拼命努力，向这个世界报一箭之仇。”

醉醺醺的我觉得这句台词悦耳无比，但宫城依然置若罔闻。

“果然每个人说的话都一样呢。”

宫城把手上的笔放在一旁，抱拢双腿，将下巴靠在膝盖上。

“到目前为止，我大概听过五次类似的台词。每个命不久矣的人，想法都会越变越极端。尤其是那些人生不太美满的人，更是偏激得离谱。就和死性不改的赌徒奢求一把翻本的机会一样，输尽人生筹码的家伙总渴望着不切实际的幸福。大多数的人只有在面临死亡时，才会懂得活着的可贵，才能找回原有的活力，然后陷入‘过去虽然百般荒唐，但如今懂得自省的我，应该还能做些什么吧’的错觉之中。不过，这些人太过自以为是，他们都不会意识到，自己不过是好不容易站回起跑点而已。简单来说，人总是在输得一塌糊涂之后，才能冷静地看待眼前的赌局。但自持有这微不足道的冷静，就觉得自己有逆转的机会，那未免太过可笑了……楠木先生，请您好好想想吧，您的寿命之所以如此廉价，不就是因为您在剩下的三十年里一事无成吗？您不是早就对这件事一清二楚了吗？”

宫城冷冷地说完这一切。

“三十年都无法成就任何事的人，在这短短的三个月之内又能改变什么呢？”

“……不试一试怎么知道结果啊！”

当下虽然能随口反击，但我对话里的无力感到十分沮丧。

因为在尝试之前，胜负早已分晓。她所说的每句话都极为正确。

“追求平凡的满足才是聪明的做法哦。”她提醒我，“反正一切已无法挽回了，短短的三个月也不可能改变什么。不过，无所事事又显得有点太漫长了，既然这样，您不觉得累积一些‘小确幸’才是聪明的做法吗？一心想赢只会带来输的结果，而在失败中寻找胜机的人生才不让人那么失望。”

“我知道，我都知道，你说的都是对的。不过，大道理我听得太多了。”我把头撇到一旁不想再听下去。如果没醉，我可能还会继续争辩下去，但是我现在连推翻这串大道理的心力都没有。

“看来我还不清楚自己有多无能吧？……喂，能不能告诉我接下来发生的所有事？我究竟是怎么度过那被卖掉的三十年人生的？或许听完之后，我就不会再对自己抱有任何多余的期待了。”

宫城沉默了一会后，像是放弃了某种坚持，才开口道：“的确，现在让您知道一切，或许对您比较好吧……但为了以防万一，有件事我得先说在前头，待会听完我说的事之后，您不必自暴自弃。因为我知道的只是‘原本可能发生的事情’，而如今那些已是‘绝对不会发生的事情’了。”

“我明白了，待会要听的就像是某种占卜的结果……我也不必为此感到自暴自弃，只当是过耳旁风便是了。”

“但愿如此。”宫城显得有些语重心长。

此时，宛若重物坠地，又似巨塔倒地的声音响起。我之所以无法在第一时间听出这声巨响来自烟花，全因这几年没机会正面欣赏。

每一次放烟花，我都只是待在窗后看着。我从不曾在烟花绽放之际吃着从路边摊买来的大阪烧，也不曾借此机会握着情人的手与她深情相望。

自从懂事以来，个性乖僻的我就喜欢躲在人群之外。我常常有种自己不属于人群的感觉。每每想到会撞见某个认识的人，我就变得不安起来。小学的时候，只要没有人硬拉着我出门，不管是公园、游泳池、学校的后山、商店街、夏季庆典，还是烟花大会，我都是尽可能选择不去。即便上了高中，也不愿走近人烟繁华的地区，上街出门也避免走在大马路上。

最后一次欣赏烟花，还是在遥远的童年。

那时，我记得姬野就在身旁。

近距离仰望的烟花究竟有多大，我早已忘记，而烟花绽放的声音有多震撼，也同样难以回味。究竟近看能否闻到火药的臭味呢？夜空里会残留多少烟雾？会场里的人们又是带着什么表情欣赏烟花呢？逐一回想，我才发现自己对烟花真是一无所知。

想眺望窗外景色的诱惑如浪潮般袭来，但是我不想在宫城面前做这种引人耻笑的举动，不然她可能会说“如果这么想看，出门去看不就好了”。到时我该如何回答？难道我要回答“因为在意旁人的眼光，所以不想去看”吗？

我明明已经时日无多，难道事到如今还要在意他人的看法吗？

正当我抵抗着外出的诱惑时，宫城像要嘲弄我似的挡在前方，打开纱窗向外探身，欣赏正在空中绽放的烟花。与其说她是因为烟花的美丽才流露出感动，不如说她是因这难得一见的烟花而心生赞叹。不论如何，宫城似乎对烟花很有兴趣。

“喂喂，一直盯着烟花也可以吗，监视员小姐？要是我突然逃出门外，你要拿我怎么办？”

宫城依旧目不转睛地看着烟花，语带讥讽地说：“您希望被人监视吗？”

“怎么可能，我希望你早点消失。一直被你盯着看，很难做些什么。”

“这样啊。看来是做过什么亏心事吧？……我忘了告诉您，一旦逃到一定的距离之外，你就会被认定为会给别人添麻烦的人，届时您就会因为寿命被瞬间夺取而死亡。这一点还请您务必注意。”

“一定的距离是有多远？”

“这倒不是很精确，总之是一百米左右吧。”

这不是一开始就该声明的事情吗？

“我会注意的。”我如此回应宫城。

空中传来一次次轻快的爆炸声，看来烟花大会已进入高潮。不知何时，隔壁房间的吵闹声也静了下来，想必他们也在观赏这场烟花秀吧。

此时，宫城总算开始娓娓道出那些“原本可能发生的事情”。

“您想知道消失的三十年里发生了哪些事情对吧……首先，您的大学生活转瞬之间就结束了，”宫城先告诉了我这件事，然后又说，“您的生活基本上就是赚生活费、读书、听音乐，然后就只剩睡觉了。渐渐地，毫无建树的每一天变得越来越雷同，并如过眼烟云般消失在您的眼前。不学无术的您从大学毕业后，很讽刺地做了一份在您仍对自己充满希望时最嗤之以鼻的工作。明明干脆地接受现状即可，您却无法忘怀那个‘曾经特别的自己’，每天都被‘我不属于这里’的念头干扰，迟迟无法融入职场。于是每天带着毫无生气的眼神往返家与公司，工作繁重得让你根本无暇思考其他事情，慢慢地，你只好躲进酒精的世界里寻乐，那份‘想要变得了不起’的野心也逐渐烟消云散，更与幼时在心中描绘的理想渐行渐远了。”

“又不只有我是这样。”我急着插嘴反驳。

“的确，很多人都是如此，等着他们的也只有极为平凡的绝望，而且每个人必须接受的苦痛也各有不同。对您而言，您觉得自己必须是最优秀的人。所以在您的世界里，根本没有人值得被您依赖，因此只能自我扶持。然而只要这个世界里唯一的支柱倾倒，就足以产生将您推向灭亡的苦痛了。”

“灭亡？”我不解地反问宫城。

“回过神来，您已三十多快四十岁了。孤独的您只喜欢骑着摩托车漫无目的地到处乱逛。但正如你所知，摩托车是一个危险的交通工具。尤其是对放弃下半生的人来说更是如此……不幸中唯一的大幸，便是您与某辆疾驰中的汽车相撞后，仅有一人跌倒，而且没有任何行人被碾伤。可惜您却在这场意外中失去了半张脸，以及步行的能力与大部分的手指。”

失去半张脸？这句话不难理解，只是难以想象。

我想，应该是一副任谁都以为“这里本应是脸”的惨样吧。

“原本对自己容貌还有些许信心的您只好准备执行最后的手段，可是您无论如何也踏不出那一步，因为您终究无法舍弃最后的一丝希望，那份‘即便如此，说不定之后会遇到好事’的希望……这的确是任何人也无法否定的希望，不过一切仅止于希望，一切不过是恶魔的某种手段而已。之后，您就抱着这种毫无根据的希望一直活到五十岁——最后，只能两手空空，褴褛又孤独地死去。不曾被人爱过，也不曾留在任何人的回忆里。直到最后，您仍然抱怨‘我的人生不该如此’。”

真奇妙。

我居然顺理成章地接受了宫城所说的一切。

“那么，您的感想如何？”

“这个嘛……第一个感受便是，我真得感谢自己将剩下的三十年寿命卖掉啊。”

这就是我的回答，不带一丝逞强的心情。宫城也说过，这些“原本可能发生的事情”，如今已是“绝对不会发生的事情”了。

“早知如此，就不要留下三个月，干脆卖剩三天就好。”

“现在要卖还来得及哦！”宫城提醒我，“因为您还有两次出售寿命的机会。”

“要是卖剩三天，连你也会从我身边消失吧？”

“是的，如果我的存在确实让您不悦，这也不失为一个选项。”

“我会记住的。”我如此答道。

其实对后续三个月了无希望的我而言，把剩下的寿命卖剩三日也算是个聪明的选择，但阻止我这么做的，果然还是“说不定之后会遇到好事”的想法，那份魔怔般的希望。

往后的三个月，是与宫城口中那“消失的三十年”截然不同，是一个完全不确定的未来。说不定这三个月真的会有好事发生，或许有让我觉得“活着真好”的好运降临。

可能性并非是零。

如此想来，就觉得自己还不能求死。

嘈杂的雨声让我在半夜醒来，雨滴从破掉的遮雨棚滴落地面的水声不绝于耳。看了看时钟，时针才刚经过三点。

一股香甜的气味在房里飘散。刹那间难以想起这是女性的洗发水香味，全因这股香气实在久违了。

根据排除法判断，这抹飘香的主人肯定是宫城。我所能得出的结论就是宫城趁着我熟睡之际悄悄洗过澡了。

只是，这个结论很难说服我自己。不是我自夸，我是个极度浅眠的人，躺着睡觉也像坐着睡一样。光是送报纸的细微杂音或上楼的脚步声就能立刻将我吵醒，而这样的我居然在宫城入浴时一次也没有醒来？这真是太难以理解了。难道是雨声巧妙地掩盖了一切？

我姑且将结论放在一旁。一位认识不久的女孩子在自家洗澡这件事，的确在我心中掀起微妙的涟漪，但我早已决心不去思考她的事情。而且为了完成明天的事情，睡眠是极为必要的。只是在这种雨夜里醒来，也只能说是无可奈何了。

可惜这夜迟迟难以入眠。我决定仿照往常，借助音乐的力量催化入睡的情绪。我将留在手边的那张CD——《Please Mr. Lostman》**（注：日本枕头乐团“The Pillows”于1997年推出的专辑，枕头乐团因而声名大噪）**放进枕边的CD播放器后，按下播放钮，戴上耳机，进入了音乐的世界。虽然是个人浅见，但我觉得会在辗转难眠的夜里听《Please Mr. Lostman》的人，大概都过着不太正经的人生吧。我就是这样利用音乐纵容这个无法融入世界，也不愿合群的自己。

或许，我正被迫偿还这一切。

第六章　时移世易的人，一成不变的人

直至早晨，这场雨也丝毫没有稍停的迹象，而且雨势之大，足以作为起床后无法立即出门的借口。多亏这场雨，我才有时间仔细思考后续该做的事。

正当我盯着手中这份“死前愿望清单”时，宫城走近我身边轻声问道:“今天打算怎么过？”习惯从她口中听见噩耗的我早有心理准备，任凭她接下来说什么，我都不会受到影响，谁知她在问完这个问题之后就没了下文，只是从上方看着我手中的清单。看来她只是随口问问罢了。

我重新打量眼前这位女生。

从初次见面以来，我一直觉得宫城长得十分清秀。

容我更清楚地描述她吧。若单以外表而言，她绝对是我喜欢的类型。明亮的双眼，略带忧郁的细眉，紧闭的小嘴，形状好看的头型，柔软的秀发，略显紧张的手指，白皙细长的大腿——若真想举例，恐怕还真的无法一一细数。

正因如此，自从她在这个房间里出现，我就非常注意自己的举止。在完全符合自己喜好的女生面前，就连打呵欠也无法尽兴，也想将自己沮丧的表情与愚蠢的呼吸声通通隐藏起来。

要是监视员是位又丑又邋遢的中年大叔，而不是美丽的年轻女子，或许我可以放松一点，更率直地思考想做的事情吧。光是宫城在身旁这一点，就让心中歪邪的欲望与难为情的愿望显得更加可耻。

“这纯粹是我个人的意见，”宫城突然开口，“这份清单里写的，真的是您打从心底想完成的愿望吗？”

“我也一直在思考这个问题。”

“这么说或许有点失礼，但依我看来，您只是把死前任谁都会想做的事情列成清单而已哦。”

“或许真的如你所言。”我也认同宫城的说法，“老实说，我在死前非做不可的事……真的一件也没有。但是也不能闲着什么事都不做，所以只好效仿别人。”

“即便如此，我也觉得应该有更多面对自己的方法。”

宫城说完这句别有深意的话之后，又回到她的固定位置。

那天早上，我得到了如下结论：

我应该更加坦率地面对心中歪邪的欲望与难为情的愿望。我应该更入世，更厚颜无耻，更下流一些，让自己随着本能的驱使度过这最后的三个月才对。

事到如今，我还在顾虑什么？不是早就认清自己已孑然一身的事实了吗？

重新检视“死前愿望清单”之后，我毅然地给一位知心好友打了电话。

这次，听筒里只响了短短几声，对方就接起了电话。

我撑着雨伞刚走到车站，那场连夜的雨就停了。这一切似乎只是在证明我有多倒霉。拿着伞走在仿佛方才没下过雨的晴空底下，只让我觉得手中的伞有如溜冰鞋一样突兀。

湿漉漉的地面闪烁着阳光。我为了逃避暑气躲进车站，但炙热的艳阳仍尾随而至。

上次搭乘电车的记忆已经非常远久，我走进月台的候车室，在垃圾桶旁的自动贩卖机买了一罐可乐，然后找了一张长凳坐下，两三口便将它喝光了。宫城也买了一瓶矿泉水，闭着双眼大口大口地喝着。

我望向窗外的蓝天，彩虹正淡淡地挂在天际。

就连这般稀松平常的景象，我也忘得一干二净了。彩虹是什么现象，什么时候才会在天空浮现，人们对彩虹有什么印象——不知何时，我竟然将这些早该知道的基本常识，甚至连它们是“真正存在着的事物”都忘了。

我以观察未知事物的心情细看后才发现，原来那悬在半空中的巨型弯弓里居然少了两色。红、黄、绿、蓝、紫……是哪两种颜色擅自消失了呢？我试着在虚拟的调色盘里混合颜色后，才发现少的是橙色与靛青色。

“懂得欣赏美景也挺不错的呢，劝您多看几眼吧。”宫城在旁边如是说，“说不定这是您最后一次欣赏彩虹了。”

“说得没错啊，”我点头认同，“而且说不定这也是我最后一次待在候车室里等车了，将喝空的易拉罐丢入垃圾桶发出的声音也可能成为绝响。”

我把可乐的空罐丢进水蓝色的垃圾桶里，罐子彼此碰撞的声音在候车室里响起。

“也许每件事都是最后一次。其实，在卖掉寿命之前也是如此。”

话是这么说，但宫城的话让我变得有些焦虑。

彩虹，候车室，可乐，空罐，这些是最后一次经历倒也无所谓。可是在死之前，我还能听几张CD？还能再读几本书？还能再抽几根烟呢？

这些问号一浮上心头，就让我对未来充满了惶恐。

所谓的死亡，就是除了死亡，其他事情将不再发生的意思。

下了电车之后，我便转乘了公交车。我与成濑约在一间大约需要十五分钟车程的餐厅碰面。

成濑是我高中时代认识的朋友。身高略低于平均值的他，有着深邃的五官与动得很快的脑筋。他那惹人注意的说话方式也相当受欢迎。这样的他会与性格孤僻的我成为好友，如今想来仍是件不可思议的事。

我们达成了一个共识，那就是社会里的大小事情，大概都能一笑置之。高中时的我们常常占着快餐店的位子不放，在那里以轻蔑的口气嘲弄着日常发生的琐事。

我想找回当初笑看一切的心情——这也是我与成濑见面的目的之一。

同时我还另有目的。

在等成濑的时候，宫城就坐在我旁边靠走道的位置。虽然是四人座的座位，但椅子之间的距离不算太大，我与宫城便自然而然地靠得更近了一些。虽然我们的距离拉近了许多，但宫城依然继续监视着我，即便眼神偶尔交会，她也毫不避讳。

如此一来，要是成濑能把我与盯着我不放的宫城的关系，朝着我希望的方向误解就好了——我如此希望着。

我承认，这个愿望很丢脸，但是我别无选择。虽然可悲，但自从卖掉寿命之后，这还是我第一次有了“期盼”。

“喂，监视员小姐。”我开口向宫城搭话。

“有什么事吗？”

我一边搔头一边说：“我有件事想请你帮忙……”

我原本打算拜托宫城，要是被待会来的男人问东问西，随口应付一下便可，没想到餐厅的女服务生不知何时已站在桌旁，满脸笑容地看着我们，说：“不好意思，请问您准备点餐了吗？”

没办法，我只好先点了杯咖啡。女服务生确认点餐内容时，我谨慎地问了宫城。

“你不点些东西吗？”

语毕，宫城突然露出不妙的表情。

“唔……最好不要在别人面前跟我说话哦。”

“难不成会有什么问题吗？”

“我本来打算一开始就说明清楚的……其实啊，除了监视对象以外，一般人是无法察觉到我们监视员的，就像这样。”

话才说完，宫城就拉着女服务生的袖口轻轻晃了几下。

正如宫城所说，女服务生没有任何反应。

“与我有关的感觉全被稀释为‘不存在’，”宫城拿起玻璃杯说，“所以就算我这样把玻璃杯拿在半空中，女服务生既不会觉得玻璃杯浮在空中，也不会觉得玻璃杯消失了，当然也不会觉得玻璃杯是静止的，总之，一切都被转化成‘不存在’的感觉。别说人们无法察觉我的‘存在’，甚至想察觉我的‘不存在’都是不可能的哦……但是也有例外，唯独与监视对象有所牵扯时，监视员的气息才能被察觉。不过最麻烦的是，纵然能将‘你感知到的我’稀释为‘不存在’，却只有‘我感知到的你’无法当我‘不存在’……简单来说，旁边的人会以为楠木先生正对着没人的空气说话。”

我偷偷瞥了一眼女服务生的表情。

她的眼神果真像是看到疯子一样。

几分钟后，我一边小口啜饮着送来的咖啡，一边暗自盘算：喝完这杯咖啡还等不到成濑的话，我就搭车回家。即便他只迟到数十秒，我也会立刻起身回家。不过才下定决心没多久，就看到成濑走进店里。于是，我不得不向他招了招手。

他刚刚坐定，就立刻夸张地表现出能与我再次相见有多么开心。他果然无法察觉宫城就坐在我身边。

“真的好久不见，你过得还好吗？”成濑问了问我的近况。

“啊啊，差不多就那样啊。”

我心想，这不是不到半年就赴死的人该讲的话啊！

在互报近况告一段落后，我们慢慢地恢复高中时代的聊天方式。虽然不是很记得聊了什么，但是聊天的内容一点也不重要。用我们自己才懂的话聊是非才是我们聊天的目的。成濑一边与我谈天，一边重提无聊的陈年往事，时而相视而笑。

我不打算告诉他卖掉寿命的事，一方面是觉得他不一定会相信，另一方面是不想扫兴。要是他知道我只剩下不到半年的寿命，态度或多或少都会变得有些小心翼翼，不是开玩笑不敢太过头，就是不得不说些好听的话安慰我，我不希望他顾虑这些没意义的事。

——直到他说出某句话之前，我都还很愉快。

“话说回来，楠木你啊，”成濑像是回想起某件事说，“现在还在画画吗？”

“没了。”我回答后，小心地选择接下来要说的话，“……自从进入大学后，就不曾拿起画笔了。”

“我就知道会这样啊。”成濑不经意地笑了出来，“要是你还在画，我大概会以为你的脑子有问题吧。”

一切到此结束。

虽然我知道升上大学还在画会很奇怪，但这不到十秒的对话，已将我对成濑这三年来的好感破坏殆尽。

真的是破坏得一滴不剩。

成濑为了圆场，仍口沫横飞地说个不停，但是我却在心底呐喊。

喂，成濑。

唯独这件事，我绝对不准你嘲笑。

没错，我的确是放弃画画了。

但不代表这有什么值得耻笑的理由。

我还以为，你更能理解这件事的啊。

我对成濑的笑脸越来越沦于形式。我点了根烟，默默地听着成濑说话，偶尔才回应他一下。

这时，坐在旁边的宫城突然对我说：

“……容我公布正确答案吧？”

我虽然轻轻地摇了头，但宫城还是继续说下去。

“您现在对成濑这个人应该有些厌烦了吧？老实说，成濑也不像您以为的那么喜欢您的为人。如果按照原本的剧本，您在两年后会在类似的场景下与成濑见面，然后因为一些琐事起了口角，最后大打一场绝交……建议您在情况尚未变成这样之前，趁早结束今天的会面吧。要是对眼前这个人抱有多余的期待，继续下去可没什么好处哦。”

我忽然对宫城说的这些话感到愤怒，只不过理由并非是友人被她看不起，也不是听到不想听到的事实，当然也不是受不了她那讥讽的语气，更不是因为被成濑嘲笑自己过去的梦想而迁怒于她。

要是被问到生气的真正理由，我还有些困扰。总之，坐在对面的成濑不懂得看人脸色又多嘴地说个不停，旁边有喋喋不休的宫城，另一侧有两个年轻女孩不断地高声叹息，身后又有看似剧团成员的人在高谈阔论，店里的座位还有一群学生边拍手边大声喧哗——突然，这一切都让我觉得非常不耐烦。

真是吵死人了——我不禁在心里大喊。

为什么不能安静一点？

下一瞬间，我突然把手中的玻璃杯往宫城方向的墙壁丢了过去。

伴随着非预期的巨响后，玻璃杯碎了一地，但整间店也只是稍稍安静了一会，随即又恢复了原本的嘈杂。成濑难以置信地凝视着我。我看到店员正准备跑过来收拾，而宫城在一旁浅浅地叹息。

我到底在干什么啊？

我拿出几张一千日元的纸钞丢在桌上后，飞似的逃出了店外。

在搭乘公交车返家的途中，老旧的棒球击球训练场突然映入眼帘。我按了下车铃，下车走进了那座训练场，挥击了三百球左右。放下球棒的那刻，我已大汗淋漓，麻痹的双手也满是血污。

从自动贩卖机买了一罐宝矿力后，我找了一张板凳坐下来，一边缓缓地喝着饮料，一边望着似乎是下班回家的男性们挥棒的模样。或许是灯光的影响，周遭各种物品的色调皆泛着异样的蓝色。

我并不后悔以刚刚的方式与成濑断交。事到如今，我也怀疑自己是否真的对他怀有好感，说不定我根本不喜欢成濑这号人物，只是借着他肯定我的想法而爱着我自己吧。

时移世易的成濑与一成不变的我。

正确的，大概是成濑那一方吧。

结束棒球击球训练场的挥棒练习后，我徒步走往车站，刚站上月台，便遇上了刚好进站的列车。车厢内挤满了刚结束社团活动的高中生，瞬间让我觉得自己老了好几岁。我闭上双眼，静心聆听列车行走的声音。

转眼已到深夜。在回到公寓之前，我顺道去了便利商店一趟。停车场停了无数只硕大的飞蛾，但似乎每一只都没有会动的迹象。我拿着啤酒与下酒菜去柜台结账，发现两名穿着运动服外套与凉鞋的大学男女和我买了相同的商品。

回到家后，我把葱加进烤肉罐头里一起加热，然后一边配着啤酒一边吃。

在死之前，我还能喝几升啤酒呢——手中的啤酒因为这个想法而变得更加爽口。

“喂，监视员小姐，”我喊了喊坐在一旁的宫城，“刚刚丢玻璃杯那件事真是不好意思。方才我的心情有点乱……有时候就是会有这种冲动。”

“嗯，我明白。”宫城回答我的同时，眼神透露着警戒。这也难怪，在话说到一半就突然将玻璃杯丢往墙壁的男人面前，任谁都会有所防备的。

“有没有受伤？”

“很遗憾，并没有。”

“喂，我真的觉得不好意思！”

“没关系，反正没丢中。”

“你写完那些无聊的观察记录后，要不要来喝一点？”

“……是要跟我喝酒的意思吗？”

宫城的反应超乎我预料之外。我猜想，这时候坦率地回答才是上策。

“倒也没错，因为一个人喝酒很闷。”

“这样啊。不好意思，我还是得拒绝，因为现在正在工作。”

“那你一开始这样回答不就好了嘛！”

“真是对不起。我只是觉得很不可思议，您为什么会说出这种话？”

“我也会像一般人一样感到寂寞的啊。你之前监视的那些人，一定也想在死前好好地与人相处吧？”

“我全部都不记得了。”宫城如此回答。

喝光啤酒罐里的每一滴啤酒后，我洗了一个热水澡，刷完牙，充沛的睡意立刻到访。想必是拜棒球击打练习的疲劳所赐吧。

关上房内的灯，我滑进温暖的被窝里。

或许对人生该有一番改头换面的认识吧？我暗自琢磨着。

这个世界绝对不会突然对死到临头的人变得亲切。恐怕，这个世界只对已死的人温柔。早就熟知这一切，却又耽溺于天真想法的我，心底深处果然还是存着一份全世界能瞬间变得美好的期盼啊。

第七章　挖出时光胶囊

我想着干脆写一份遗书吧。却发现不仅该写什么内容是个问题，就连该写给谁看都是个不解之谜。

我握着笔，看着从附近文具店买来的便条纸陷入了沉思。窗外的电线杆上似乎停了一只蝉，房内响起阵阵吵人的蝉鸣声。蝉声不绝时，尚可将写不出遗书的原因归咎于它们，但是待它们飞离后，我仍然写不出半个字。

我到底希望谁来读这份遗书呢？文字是一种传达信息的工具，而我笔下的文字必须代替我，向某人袒露心中无法启齿的心思。

我该向谁倾诉？自问自答之后，答案果然还是非青梅竹马的姬野莫属。如果对象是姬野，我是否该在遗书里写下对她的感谢与倾慕呢？

我花了一小时左右的时间，一笔一画地写了一封信给她。浓缩之后的大意如下：

时至今日，虽然不知道你对我的心意如何，但从十岁那天起，我对你的喜欢就不曾间断过。我之所以能坚持活到二十岁，全凭当年有你相伴的回忆，然而我会放弃二十岁之后的人生，是因为无你陪伴在身旁的世界索然无味。我总算在死前意识到你有多么重要，这也意味着我早在与你分离的那天就已死去。永别了。但愿十岁的我，能在你的心中长存。

重新读过一遍之后，我就打消了寄出这封信的念头。这封信的内容犯了某个致命的错误——我想表达的内容并非如此，也无法通过文字将自己的全部心意表达出来。这一切全因思念在转换为文字的瞬间就已死去。

但愿十岁的我，能在你的心中长存——我把希望全部寄托在这封信的最后一句话上。但如果寄望这封信为我捎去这个愿望，就不该写下任何文字。只要是有形之物，在收件人处写下姬野的姓名，在寄件人处标注我的名字就够了，如此就能够降低误解。如果觉得白纸有些诡异，那就多加一句“我本来想写信给你”即可。或许在不提及死期将近的前提之下，写一些闲聊的内容也是不错的选择。

我把笔放回桌面，为了不让宫城看见内容而把信纸折了起来，然后仰头望向天花板，在记忆深处搜索着……我有多久不曾写信了呢？当然，我不曾交过笔友，从小学开始，也没有能寄送新年贺卡与夏日问候卡的朋友。活到现在，我写过的信件寥寥可数。

除了十七岁的“那个”之外，我最后一次写信，便是在小学四年级的夏天。

十岁的我，在体育馆后面埋下了时光胶囊。之所以会这么做，就是那位带我们思考生命价值的思想品德课老师提议的。

每位学生都在球形的胶囊里放了一封自己写的信。

“希望你们在这封信里写下十年后想对自己说的话，”那位老师如是说，“一时之间，各位同学可能不知道该写些什么吧……不过，可以写一些类似‘梦想完成了吗’‘过得幸福吗’‘还记得时光胶囊这件事吗’‘有没有什么事想反过来告诉十岁的自己’这样的提问。或是写下‘请让梦想完成’‘请过得幸福’或是‘请不要忘记时光胶囊这件事’这类的要求。”

这位老师不可能不知道，眼前这些小孩，十年后有一半以上会放弃梦想，过着毫不幸福的人生，并遗忘许多过往的点点滴滴。

或许时光胶囊里的信件并非写给未来的自己，而是写给当下正在写信的自己吧。

这位老师还这么补充道：

“大家听好，请在这封信的最后，写下你最要好的朋友的名字，不需要在意对方对你的想法哦。就算你觉得对方讨厌你，只要你喜欢对方，就请写下他的名字。这封信的内容不会被任何人看见，老师也不会偷偷打开来看，请大家放心地写下名字吧。”

我根本想不起来当年的我到底写了什么给自己。

至于最后写了谁的名字，不用猜也知道吧？

时光胶囊预计在十年后打开，正好就是今年。然而我至今没有收到任何相关的通知，或者可能唯独我没有被联络到。不过也有可能不是这样，有可能只是负责联络的人忘了时光胶囊这回事，又或者只是还没有通知罢了。

我想在死之前读一读那封信。

不过我一点也不想与当年的同学见面，只是想一个人静静地读。

从椅子站起来后，宫城立刻问我："今天打算怎么度过？"

我回答："我打算把时光胶囊挖出来。"

上次回到故乡已是一年前的事了。一走出犹如临时组装屋一般的简陋车站，熟悉的景色立刻在眼前展现。小镇四处都是绿色的斜坡，虫鸣声与浓郁的花草香气是我现在居住的小镇无法企及的。静下心倾听，也只会听到四处传来的虫鸣鸟叫声。

"该不会大白天就潜进小学里挖洞吧？"走在后方的宫城怀疑地问道。

"当然得等到晚上再说。"

虽然一鼓作气回了故乡，但我完全没想过该如何在这个没有娱乐设施，又没有餐厅的小镇里打发太阳西沉之前的时间。就连在步行可达的范围里，也找不到任何一间便利商店。早知如此，不如花点时间骑车回来还比较划算。

虽然有很多时间，但我压根不想回老家，更不想去拜访老朋友。

"既然这么闲，为什么不去那些充满回忆的地方逛一逛呢？"宫城似乎看穿了我的想法，"例如小时候常去，这几年却没机会旧地重游的地方。”

“充满回忆的地方……我对这个小镇只有讨厌的回忆。”

“除了与姬野小姐有关的一切，对吧？”

“别这么轻率地说出这个名字，特别不想从你的口中听到。”

“这样啊。以后我会多加注意……接下来的提醒可能有些多余，但我建议您别去拜访任何人哦。”

“我本来就没这个打算啊。”

“那就好。”宫城的表情显得有些严肃。

今天的天气也很炎热，猛烈的阳光似乎可以刺透肌肤。我决定先在车站外围的板凳上坐下，好好拟订一下今后的行动方针。

我猛然转头，发现宫城正将类似防晒乳的东西涂在身上。初次见面时，我还以为她是个天生皮肤白皙的女孩，没想到她会在美白方面下这么大的工夫。因为她是个既严肃，又从外表看不出任何情绪的人，这个举动真是让人大感意外。

“除了我以外，没有人能看得见你吧？”我又问了宫城一次。

“基本上是这样。”

“随时都是这样吧？”

“嗯，除了监视对象，一般人是看不到我的。不过正如您所知，也有例外的时候。例如您第一次来店里时，我没有监视员的任务在身，所以打算出售寿命，时间或健康的人就能看到我的样子……有什么问题吗？”

“没什么啦，我只是好奇，既然没人看得到你，你何必如此注重外表？”

这意外的发言，似乎带给宫城一些打击。

“这是我个人的心情问题！”宫城像是被泼了一桶冷水似的回答我，“您不是也会在没有任何约会的情况下沐浴吗？”

看来宫城被我的发言伤到了。如果是别的女生，我可能会急着道歉，但既然是宫城，别说是道歉，我还觉得自己总算报了一箭之仇。我真想为自己不谨慎的发言鼓鼓掌。

边走边想目的地的同时，我的脚步便不知不觉地往我与姬野老家旁边那片树林的方向走去。还记得，我们小时候常在这里玩耍……结果，我还是做了与宫城的提议一样的事。我感到很不甘心，因为这一切只证明了自己的行动平凡至极。

为了不从老家附近的街道经过，我刻意绕了远路。虽然去了一趟小时候常去的粗点心店，但这间店似乎不再营业，就连门外的招牌也被取了下来。

走入林间小道，途中穿入小径走五分钟左右就到了目的地。

那里的废弃公交车，是我与姬野少年时期的“秘密基地”。虽然公交车的外壳只剩下斑驳的红色涂装与铁锈，但是走进里面，只要忽略椅子与地板上厚厚的灰尘，内装还是相当漂亮的，而且也不会看到一堆四处乱爬的虫子。

我在公交车里来回寻找过去留下的痕迹，谁知徒劳而返。正准备走出公交车时，却在眼神扫过驾驶席的一刹那，运气极佳地发现了“那个东西”。

椅子侧边有一个用蓝色油性笔写的小小符号，走近一看，原来是个箭头。将眼神转向箭头所指的方向，又看到下一个箭头。

我跟随六个箭头的指示，总算在椅子背面找到像是爱情伞的图案。小学生喜欢恶作剧地在伞底下写上别人的名字，或是在伞底偷偷写下自己与暗恋对象的名字。

当然，写在那里的是我与姬野的名字。我不记得画过这种东西，而这个地方又只有我与姬野知道，所以不管如何推论，这把爱情伞应该出自姬野之手。

她明明不像是拥有如此少女情怀的女孩啊。我想着想着，不禁露出了笑容。

在我凝视着这把爱情伞的同时，宫城也从背后望着这个图案，不过却感觉不到她准备讽刺我的意思。

我牢牢地将爱情伞的图案烙印在心里，之后便走出了公交车，然后像小时候一样利用倒在地上的木头爬上车顶。将车顶的落叶与树枝拨出一处空位后，就仰躺着望向天空。

就这么静静躺着，直至蝉声四起的傍晚。

给爷爷扫完墓，起身前往小学时，夜幕已悄然降临。我从仓库偷偷“借”了把铲子，便凭着模糊的记忆，在体育馆后的地面上挖了起来。此时，紧急出口那绿色的亮光正微微地照着这一带。

原以为一下子就能挖到东西，没想到挖了一个小时，挖得混身是汗也挖不到时光胶囊。看来若不是我的记忆有误，就是埋在地里的东西早就被人挖走了。

喉头逐渐干渴，双手也满是伤痕，这或许得归咎于昨天过度的棒球击球训练。宫城一边看着我挖地，一边在笔记本里写了什么。

在休息之际，我顺便抽了根烟，深藏的记忆也总算变得鲜明起来。没错，最初的确打算把时光胶囊埋在体育馆后面的大树旁，但当时有人说这附近准备新种一棵树，所以将埋藏的位置转移到另一处了。

结果在操场本垒板后方的铁丝网下一挖，不到十分钟就挖到了一个硬物。为了保持原貌，我小心翼翼地将球形的物体从地底挖出来，然后拿到灯光旁。原以为上了锁，没想到一转就打开了。

一开始我只打算拿出自己的信，剩下的就地埋回，但既然我都花了这么大的工夫了，得将所有的信读过一遍才划算。还剩几个月就要死的家伙，应该还是有这点特权的吧。

我随便抽出一封打开，开始阅读“给长大后的自己的话”与“最要好的朋友”。

读完之后，我将信件折回原状，然后翻开笔记本，将信件主人的名字一个一个写上去，然后画出一条箭头，再在箭头末梢处写下“最要好的朋友”的姓名。两封，三封，随着拆封的信件增加，姓名与箭头的数量也跟着增加，渐渐地形成了一张人际关系网，从里头可以看出谁喜欢谁，谁又被谁喜欢，哪一对是两情相悦，哪一对是单相思。

毫不意外，在读完时光胶囊里所有的信件之后，果然只有我的名字是这张人际关系网络里唯一遗漏的人，没有半个人将我的名字写成“最要好的朋友”。

然后，唯独姬野的信，无论我怎么找都找不到，或许埋下这封信的那天她正好请假了吧。

我心想，如果她那天出席了，一定会在“最要好的朋友”上写下我的名字，因为她可是会在秘密基地偷偷画下爱情伞的女孩哦。她一定会写下我的名字，说不定还会在旁边加上一两颗爱心符号吧。

如果可以找到姬野的信就好了。

我将稍早时找到的自己的信塞进牛仔裤的口袋里，并将时光胶囊埋回原处。将铲子还回仓库之后，我在旁边的水龙头前将手和脸仔细地洗干净，然后就头也不回地离开了学校。

我拖着疲惫不堪的身体走在深夜的街道上，跟在后面的宫城突然开口：“您差不多该明白了吧？因为您总是对那些同学视而不见，所以过去的人际关系根本不值得留恋。姬野转学后，您有给她写过信吗？高中毕业后，您有主动联络过成濑吗？为什么若菜会对您死心？您有出席过同学会吗？……虽然现在说这些已无任何意义，但现在才想缅怀过去，您不觉得自己太自私了吗？”

宫城这番话的确令人生气，但我找不到任何可以反驳的话。

或许宫城说得一点也没错。我的所作所为，就像从不相信神佛，却在危难之际才想去神社、寺庙或教会，将所有的苦痛全丢给神佛一样。

若真是如此，过去与未来皆无处可去的我，还有什么事情值得一做呢？

到了车站之后，我难以置信地看着时刻表，因为末班电车的发车时间早就过了。当年还住在老家这一带的时候，根本不会有机会坐电车，但我万万没想到，这乡下地方的电车居然这么早就休班了。

叫辆出租车或者回老家赖一晚都不成问题，但我最终还是选择在车站过一晚。与其精神痛苦，还不如肉体辛苦比较实惠。我想借着恰到好处的苦痛，让自己往这方面想。

坐在硬邦邦的板凳上闭目养神，飞蛾扑向日光灯的冲撞声不绝于耳。身体的疲劳足以入睡，但车站内的照明异常光亮，脚边又有各色虫子窜爬，看来要想求得一夜好眠是不太可能了。

从后方的板凳传来宫城奋笔疾书的声音。真是个有毅力的家伙啊，我实在佩服她。从这几天的相处来看，她几乎只能断断续续地休息，就连半夜，也似乎不断地重复着睡　分钟醒五分钟的睡眠模式。尽管这就是监视员所谓的职责，但是对一个年轻女生来说，这份工作实在太辛苦了。

不过，我可不是在同情她，我只是庆幸自己不是监视员而已。

第八章　不恰当的行为

我在第一班电车发车前几小时醒来，并在自动贩卖机买了一罐营养饮料解渴。身体到处都疼。四周仍是幽暗未明的天色，只听得见早蝉、乌鸦与山斑鸠的叫声。

走进车站，恰巧见到宫城坐着伸展身体。目前为止，这恐怕是我见过她最像人类的举动了。

我拿着瓶子，眼神迟迟无法从宫城身上移开。或许是暑夜闷热，她将脱下的夏季针织衫盖在脚上，白净无瑕的双肩也因此展露无遗。

……我现在似乎非常混乱。这大概是因为我命不久矣，也可能是极度失望引起的，还可能是因为睡昏了头，更可能是身上的劳累与疼痛所致。但最有可能的，还是宫城的容貌比想象中更吸引我。

不管是何种原因，此时此刻我突然想对宫城做一些残酷的事。

这是在我所有的想法中，最不合适的行为了。一旦犯下如此罪行，我的寿命无疑会被终止——但是那又如何？不过是让死期提早几个月而已，与其如此，还不如因为做了想做的事情而死。我在“死前愿望清单”里不也写了“顺从欲望”吗？

当我决定顺从欲望，才发现没有任何人比宫城更适合担任我这种自暴自弃的行为的受害者了。不知为何，宫城强烈地刺激着我那股凌虐他人的欲望。或许是因为宫城平常的强势，让我更想看看她脆弱的一面，好好挫一挫她的威风。我想让她知道“你虽然装作坚强，但其实也是一个软弱的人而已”。

宫城看到挡在面前的我之后，似乎发现空气里弥漫着一股不妙的气息，于是立刻摆出一副有所防备的姿势。

“我有个问题想问你。”

“……好。”

“从监视员确认监视对象做出‘不当行为’开始，到让监视对象结束性命之间相隔多长时间呢？”

宫城的眼里浮现警戒的神色：“为什么会问这种事？”

“因为我想知道，如果从现在开始侵犯你，到我被杀之前还剩下多少时间。”

尽管语出突然，但她却没露出半点惊恐的神色，反而以前所未有的冷漠和轻蔑的眼神直视着我。

“只要一瞬间就能完成与本部的联络，从本部赶来这里也只需二十分钟。当然，您是绝对不可能逃得掉的。”

“这么说，我有十分钟以上的时间可以自由行动咯？”我立刻反问。

宫城把眼神从我的身上移开，嘀咕道：“我可没这么说！”

沉默在两人之间弥漫着。

让人感到不可思议的便是，宫城居然没有逃走的意思，只是一直盯着自己的膝盖。

我将双手往她伸去。

原以为她会歇斯底里地发出怒吼或是竭尽全力地反抗，没想到即便我的双手已触摸到那雪白的双肩，她也只是露出悲伤的表情硬撑着身体。

接下来，我准备粗鲁地拉倒宫城，实施我的计划。届时她可能会受伤，那漂亮的膝盖上面说不定又要多出一道大大的伤疤，她那原本就黯淡无光的双眸可能会更无光彩。等到完事后，她可能会带着仿佛事不关己的眼神讽刺地说“您满意了吗”。

我这么做能满足吗？

我现在到底想怎么做？

刹那之间，高亢的情绪瞬间冷静下来。

取而代之的是涌至胸口的空虚感。

在见到宫城那完全放弃的眼神后，我也被她眼里的哀伤感染了。

放开宫城后，我隔着一个座位坐了下来。

我真为自己的思虑不周感到羞耻。

“监视员这份工作还真是辛苦啊，”我说，“非得面对像我这样的人渣不可。”

宫城仍不愿看向我，只淡淡地说：“能得到您的理解，实在万分感激。”

原来如此，我心想。怪不得我的寿命只值三十万，因为只差一步，我就犯下无可挽回的罪行了。

“这份工作还真是危险啊，像我这样的家伙应该不少吧？那种临死之前突然大发神经，将矛头指向监视员的废物？”

宫城慢慢地摇了摇头。

“您的情况还算是轻松的，比您更加偏激的大有人在。”

宫城的这番话似乎在为我的堕落辩解。

初次见面我就问过她膝盖上那块大伤疤是怎么来的，但她始终保持沉默不回应，想必她就是担心我这种翻脸不认人的行为吧。

“为什么会从事这份工作呢？”我反过来问她这个问题。

“简单来说，是不得不从事这份工作。”

“那如果说得复杂一点，又是为什么呢？”

宫城大感意外地说：“我还以为您只对姬野小姐有兴趣……”

“才没这回事，要是我不觉得你有魅力，就不会做出刚刚那种举动了。”

“……是这样啊。那还真是多谢了。”

“如果你不想告诉我，不说也无妨。”

“这个嘛，也不是什么值得隐瞒的过去，嗯……我不是提过，能出售的除了寿命之外，还有健康与时间吗？”

我点了点头。

“换句话说，我出售的是时间，大概卖掉了三十年左右。”

——对了，我一直对这点感到好奇。

卖掉时间究竟是什么意思呢?

“这样啊，你卖掉了时间，这是指……”

“没错，大部分的监视员都跟您一样到过那间店，只不过他们卖掉的是时间。总而言之，卖掉时间也等同于卖掉了人身安全与交友选择权。”

“在卖掉时间之前，你也是平凡的人类吗？”

“是的，跟楠木先生一样是普通的人类。”

这让我有些难以理解，我还以为宫城的冷淡、讥讽与顽固都是与生俱来的，在听了她这番自白后，才知道她这些特质或许全是为了生存才拼命学会的。

“你也会变老吧？如果卖掉了三十年的岁月，恐怕要等到四十岁以后你才可以从这份工作解脱吧？”

“的确如此，不过这也要我能苟延残喘到那时为止。”她的嘴角泛起自嘲般的笑容。

这代表往后的数十年里，她都得过着被人视而不见的日子。

“……为什么会需要这么多钱呢？”

“您今天的问题还真不少。”

“如果你不想回答也没关系哦。”

“即便是不怎么有趣的往事也想听吗？”

“不论如何，总比我卖掉寿命的理由有趣得多吧？”

宫城抬头看了看时刻表，然后说:“好吧，反正离第一班电车发车之前还有一点时间。”她说完这句话之后，便准备娓娓道来。

“我至今仍不知道母亲为什么要卖掉数十年时间来买寿命。我印象中的母亲总是不断地抱怨生活现况，父亲则在我快要出生之际便离家出走。母亲虽然不断地咒骂着不知去向的父亲，但内心深处应该还是希望父亲有朝一日能回到家里。或许她是为了继续等下去，才想延长寿命吧。只是母亲这么做，父亲的寿命也无法延长，母亲则变成无人看见的透明人，更重要的是，我实在不了解母亲的心情，究竟是为了什么，才愿意等待一个给予自己无数伤痕的男人。假设母亲真的是为了等待父亲而想活下去的话——事实上谁都可以是母亲等待的对象，母亲只是没有其他可以思念的人而已，除了父亲之外，母亲应该不认识其他爱着她的人吧……我非常厌恶自甘堕落的母亲，相对地，母亲也非常讨厌我，总是把‘真希望从未生过你这种东西’这句话挂在嘴边。母亲卖掉时间成为监视员之后，就不曾在我的面前出现过了。记得当时我才六岁。之后几年，我被托付给伯母照顾，但伯母只将我当成麻烦的不速之客。”

说完这段话，宫城突然若有所思地不再继续说下去。她应该不是有所感伤才安静下来，而是可能正在反省自己方才说的这番话，会不会有乞讨同情的嫌疑。

她接下来的口吻变得更加平淡，就像在述说他人的事情一样。

“母亲在我十岁那年就死了。死因不明，只知道是被监视对象杀害了。看来纵使延长了寿命，是否会因外伤或疾病而死，又是另外一回事了。最初听闻这件事的时候，我立刻就觉得这是诈骗吧。……前来通知母亲死讯的男人传达了另一项重要的消息。对方告诉我，我身上背负着母亲留下来的巨额借款。如果想立刻偿还，只有三条路可走：一是卖掉寿命，二是卖掉时间，三是卖掉健康。虽然母亲几乎卖掉了一辈子的时间来延长寿命，却在工作时间结束之前就死了，而与她关系最为密切的，就是身为女儿的我，所以必须担负起她留下来的责任。而且在无法偿还欠款时，对方可以强迫我从三个选项里选择一项。”

“所以你选的是时间吗？”我如是问道。

“是的，选择卖掉三十年多一点的时间才还得清借款……因此，我才以监视员的身份活到现在。虽然这份工作既危险又孤独，但是能更深刻地认识到生命的价值与人类的生存之道。一旦还清债务，我应该比任何人都更能‘好好’地活着。想到这一点，就不觉得这份工作有多差了。”

她似乎觉得这份工作等同于救赎。

不过我想来想去，只觉得宫城的人生是场悲剧。

“真是让人无法理解啊，”我说，“如果换作是我，一定会将那样的人生全数卖尽。方才你不是说能不能活到借款还完为止都不知道吗？而且你的母亲也真的因此死亡了。就算你真的能活到债务了结的那天，你人生最精华的时期也早就结束了。我并不打算讽刺你，但借用你的话来形容，这一切不过是‘好不容易站回起跑点而已’，尝尽苦头，从四十岁才开始的人生，对我来说只是一场悲剧，所以把寿命卖掉还乐得轻松一点。”

“如果我的寿命与他人同值，或许我也会选择您说的方法。”

“你的寿命值多少钱？”

“与您的价钱一样。”

宫城面有难色地继续说下去。

“一年只值一万……我之所以故意让您这么痛苦，大概是因为我无法原谅只值这么点钱的自己。看来我不自觉地将自己的经历与您重叠了。很抱歉，目前为止一直把您当成出气筒。”

“……现在说这些也毫无意义，不是吗？倒不如立刻死掉还比较干脆一点，”我如此回应宫城，“反正未来也看不到任何希望了。”

“嗯，是的，您说得一点也没错，但没能将此付诸实践的我，果然还是因为身体里流着与母亲相同的血液。我真是个无可救药的笨蛋啊，明明活得这么痛苦，却又本能地想继续活下去。该不会连死法也与母亲一样吧？看来……还是无法轻易地割舍这一切呢，因为‘说不定之后会遇到好事’，不是吗？”

“我可是认识一个一直说这句话，但五十年都一事无成，最后准备一死百了的男人哦。”我以开玩笑的语气说出这句话。

“……嗯，那个人我也认识呢。”宫城会意地露出微笑。

我面露尴尬地笑了笑，随手点了根烟把话题带了过去。接着，宫城也站了起来，从我手中抽去一根烟叼在嘴上。我将打火机往宫城的嘴边凑过去，示意要为她点烟，但打火机的油似乎恰巧用尽，不管摩擦几次，打火机的滚轮也点不着火。

宫城用手指了指我嘴上叼着的东西，并将脸凑了过来。当我会意之后，也把脸靠了过去。

两根不断颤抖的烟在末端互相接触后，火苗缓缓地燃红了宫城的烟。

这是我第一次见到完全卸下武装的宫城。

至少，我要在她的记忆里，成为最让她感到放松的监视对象。

我沿着铁轨向远处望去，天色正逐渐变亮。

第九章 超乎想象的发展

从家乡回来之后的几天，我变得非常安分。除了出去吃饭之外，几乎没怎么出过门。只窝在大约六平方米的房间里，一心一意地把从文具店买来的一沓沓色纸放在桌上，折成纸鹤。

宫城在见到桌上一只只的纸鹤之后问道：

“你该不会在折千纸鹤吧？”

“是啊，正如你所见。”

宫城从几十只纸鹤里抽出一只蓝色的纸鹤，用手指捏着两侧的翅膀，津津有味地盯着瞧。

“你打算独力折一千只纸鹤吗？为什么这么做呢？”

“为了给死前的余生祈福。”

无所为而为的工作令人愉快。桃红色，红色，橙色，黄色，黄绿色，绿色，水蓝色，蓝色，紫色……房间被各色的纸鹤淹没了。

桌上的纸鹤从桌边倾泻落地，又被左右摆头的电风扇吹散在房间的地板上，原本毫无生气的榻榻米房间顿时增色不少。

我看见满屋色彩缤纷的纸鹤，心底生出一种小小的成就感。

或许越是无意义的美丽行为，心中的祈愿越是纯粹吧！

在专心折纸鹤的过程中，我好几次想开口与宫城交谈，却极力压抑着这份心情，因为我不想让自己太过依赖她。我发现这么做之所以能让自己安心，是因为这种做法里藏着某种不合适的想法。

另一方面，宫城对我的态度也逐渐软化。眼神若有交会，她也会把视线避向一旁。比起之前将我当成物品看待的眼神已经温暖了许多。

可能是前几天在车站的谈话让彼此打开了心房，又或是监视员的态度必须随着监视对象寿命的减少而逐渐软化吧。

不管怎么说，她只是因为工作才留在我的身边，要是忘了这一点而不切实际地胡思乱想，最后一定会被残酷地背叛。

耗时五天，折纸鹤的工作总算完成了。重新数算纸鹤时，发现有几只折得特别精致，技术远超于我折的纸鹤。

想必有人趁着我睡觉的时候，偷偷帮忙折了几只吧。

我将千纸鹤用线串成一串，垂挂在天花板上。

接着让我谈谈信件的事吧。

折完纸鹤的那一晚，我在打算洗牛仔裤的时候摸了摸裤袋，才发现里头有一张折好的信纸。

上面写着“给十年后的自己”。

从挖出时光胶囊的那天起，这张信纸就这样塞在裤袋里。

我将牛仔裤翻好面放入洗衣机里，便打算把这封读过一次的信重新读一次。

信里是这么写的：

给十年后的我。

有件事只能拜托你。

如果十年后我还是没人要，请务必去见姬野一面。

就像姬野没了你不行一样，

你也不能失去姬野。

我刻意将这封信拿给宫城看。

“没想到十年前的你这么坦率啊！”读完信的宫城似乎有点佩服，“那你接下来打算怎么做？”

“当然是去见姬野一面啊，”我直率地回答她，“我是时候明白这么做有多么愚蠢、多么徒劳了。也该明白对一个十年不曾一见的青梅竹马执着如此，究竟有多可笑了。但这是十年前的自己的委托啊，十年后的我想重视起来。的确，我可能会因此再次伤心，也可能承受更多的绝望，但不去见她一面，我怎么也无法让自己死心……就算一次也好，在生命的尽头，我还是想和她见一面，聊聊彼此。而且我打算将卖掉寿命所得的三十万交给她，当成对她的报恩，只可惜那些钱已经被我挥霍掉几万了。我想，你一定会反对我这么做，但既然是我卖掉寿命换来的金钱，用途应该由我自行决定吧？”

“我不会阻止你的哦，”宫城说，“因为这份心情，我也不是不能理解。”

我完全没想到此事会得到宫城的肯定，整个人顿时愣了一下。

此时的我，完全不想深究宫城话里的意思。

宫城的意思并非“不是不能理解”，恐怕在很久之前，她就能完全明白这份心情了吧。

“我明天早上打算去姬野的住处一趟，她现在应该待在娘家吧？”

“是的，与丈夫离婚后，就一直待在娘家。”

宫城回答完，像是要窥视内心一样看了看我的眼睛。她还是担心在我面前提及姬野会让我反感或是莫名地发火。

为此，我若无其事地说了句“谢谢”。

宫城才放心地回了一句“不客气”。

若要问我为什么知道姬野搬家之后的地址，就得从十七岁那年的夏天，一封由姬野寄给我的信件说起。

我还记得当时读过姬野那封信之后，隐约地觉得有点不太对劲。

这封信一点也不像是出自姬野之手。

信里写的全是无关痛痒的事情，例如考试太多没空读书，这封信是趁着准备考试的空当才写的，或是想上哪里的大学以及寒假时想来找我玩。

这些的确是十七岁女生会写的内容，也的确是十七岁女孩子的字迹。

但这才是让人感到奇怪的原因。如果写这封信的人是个平凡的十七岁女生，那根本没什么值得好奇怪的，但寄这封信的人可是姬野啊，是有着不输给我的扭曲性格，又与平凡无缘的她啊。

明明是姬野写的信，为何信里看不见半句挖苦与抱怨的话？那位历经曲折的姬野到哪里去了？难道在十七岁之后，她的个性也跟着改变了吗？还是说她在写信时候，语气与聊天时有所不同？难道她只想在写信时假装自己与一般女生无异吗？

两周后，百思不得其解的我给她回了一封内容相似的信，告诉她我也因为准备考试而分身乏术，并提及未来想念的大学，当然也提到欢迎她来玩的事情。

我痴痴地等待她的回信，但隔了一周，一个月，始终等不到姬野的来信。

当然到了寒假的时候，姬野也没来找我。

难道我误会了她的意思吗？可是当时的我应该已坦率地将“我想与她见面”的心情写在信里了。

难道是表达得不好？当年的我只能想到这一点。不过，大概在那之后没过多久，姬野就为了一个我完全不认识的男人怀了孩子——就是那个与十八岁的她结婚，来年离婚又将孩子留给她的男人。

回顾这段往事，实在没有半点美好的回忆可言。如今唯一可喜的是，这封信把姬野的住处告诉了我。

第九章
超乎想象的发展

我本来打算不再踏入大学校园一步，但这次为了查出姬野住处的正确位置，不得不借用大学图书馆里的电脑。我将钥匙插入摩托车的钥匙孔，脚踏上发动杆的时候，突然想起曾经问过宫城的一个问题。

“这么说，我不能和你分开超过一百米以上的距离吧？”

“的确如此，”宫城回答，“很抱歉，无法让你一个人去太远的地方……不过这辆摩托车可以载得动两个人吧？”

“嗯，应该吧。”这辆为了上学代步才买的二手本田小狼CUB110，后面的行李架已经被我换上了双人座的坐垫。虽然没有多准备另一顶安全帽，但谁也看不见宫城，应该不会被任何人找麻烦吧。

“如果一起移动就没问题了，除非你无论如何都不想载我。”

“怎么会，我一点也不介意啊。”

发动引擎，踢起侧支架，用手指比了比后座之后，宫城说了一句“有劳”，就跨上了车后座，然后双手轻轻地扶在我的腹部。

虽是熟悉的上学路线，骑速却比平常缓慢许多。如此神清气爽的早晨真是久违了。

沿着长长的直路骑了一会，突然发现晴空中浮现巨大的积雨云。

东西的轮廓明明比平常看得更清楚，却让我觉得莫名空虚。

走在阔别数日的大学校园里，不禁觉得自己与周围格格不入。从自己身旁经过的大学生们，早已与我是不同世界的人，看着都像活在幸福里的生物。就连偶尔擦身而过，看似不幸地低着头走路的人，似乎也在享受着自己的不幸。

我把打印好的地图放进包后就走出了图书馆。这个时候学校餐厅还没有开门，我只好在自动贩卖机买了红豆面包与滤泡式咖啡，坐在休息处当早餐吃。宫城也买了一个甜甜圈，一小口一小口地咬着吃。

“喂，虽然这个问题没什么意义，但如果你和我面临同样的情况，你会怎么度过剩下的几个月？”我向宫城提出了疑问。

“嗯……得真的面临相同的情况才知道吧。”宫城回答之后环顾四周才继续说，“……之前不是说过，尽量不要在这种公开场合与我搭话啊，不然你会被别人当成自言自语的怪人哦。”

“没关系啊，反正我本来就是个怪人。”

其实坐在休息处的人，早就以异样的眼光盯着我这个对着空气说话的怪人了。不过我根本不在意，反倒希望别人觉得自己怪异。命不久矣的我，宁可被别人记得是个可疑的人，也不愿意就此被人遗忘。

我吃完早餐一站起，宫城就跟了上来，并在旁边开了口：“话说……其实，我一直在想你刚刚问的问题。你可能会觉得我的答案很正经，不过，如果我真的只剩几个月的寿命，有三件事，我一定非完成不可。”

“哦，愿闻其详啊。”

“没什么值得参考的，”宫城说，“第一件就是想去某座湖看看。第二件是想为自己造一座坟墓。最后……也是第三件，我和你一样，想见一见曾经珍惜的人。大概就是这三件事情吧。”

“说得这么笼统，真让我听得一头雾水，你能不能再说得清楚一点啊？”

“我真的只是单纯想去看湖啊。因为我清楚地记得，年幼时曾在某座湖的湖畔看过闪亮无比的星空，那可是在我乏善可陈的人生中见过最美的景色了。或许这个世界还有多不胜数的美景，但我真正‘深刻体会过’的美景，就是那片倒映着无数星光的湖面。”

“原来如此……那要建造自己的坟墓，是想买一块墓地吗？”

“不，不是这样的。说得偏激一点，只要随便找块大石头，暗自将它当成我的墓碑就够了。但是我希望这块由我自行决定的‘墓地’，能在我死后保留数十年以上……最后则是‘曾经珍惜的人’……”宫城突然打住了话头，然后微微垂下视线说，“这一点，就不太方便跟楠木先生说得太清楚了。”

“这样啊……这个人是男的吧？”

“嗯，大概就是这么回事。”

宫城似乎不想我继续追问下去。

接下来是我的猜测。宫城开始担任监视员一职之时，应该是十岁左右，而所谓“曾经”珍惜的人，想必是她担任监视员之前，常挂在嘴边的熟人吧。

“无论会受伤也好，失望也罢，我还是想见一见那个人。我的确没有资格否定楠木先生现在要做的事情呢。”

“这真不像你啊，轮到自己的事，就莫名其妙地想退缩吗？”我故意笑了几声。

“因为我完全不知道自己的未来啊。”宫城如此说道。

没花多少工夫就顺利找到了姬野的住处。一开始我根本无法相信这是姬野的家，甚至怀疑那只是同姓的别户人家，不过四处搜寻之后，怎么也找不到另一处挂着“姬野”门牌的住户，看来这里的确是姬野的住址。

还记得姬野在搬家之前住在一座非常豪华的日式住宅里，那时我还幼稚地认为那幢住宅与“姬野”这个姓氏十分般配。不过这次凭着地图与门牌找到的却是一处过目即忘，毫无特色的破败住宅。

之所以能毫不迟疑地按下门铃，是因为我有姬野目前不在家的预感。每隔三分钟按一次门铃，在按了三次之后，的确没有任何人应门的迹象。

我想晚上应该会有人回来，所以决定先在附近打发时间。拿出在大学打印的地图，按图索骥地寻找可供打发时间的地点，结果看到市立图书馆这几个字。正好，早上去了趟大学的图书馆之后，我心中的书虫也开始蠢蠢欲动了。

这间市立图书馆的外观虽然华美，但一走进馆内，就发现这只是一栋十分老旧的建筑物，到处充满了霉臭味，放眼四周皆像废弃的校舍一般脏乱，不过书倒是排列得整整齐齐。

“临死之前会想读什么书呢？”我从以前就想过这个问题。如果换个说法，应该就是“死到临头，什么书最能帮得上忙”吧。

我想挑这样的书来读，而不是那些在我死之前就变得半文不值的书，以免到了最后还后悔地反问自己，这些书值得我读得津津有味吗？

或许再过一个月，选书的方向就会有所改变吧。不过这次我选的是保罗·奥斯特（**注：保罗·奥斯特被视为是美国当代最勇于创新的小说家之一，著有《纽约三部曲》**）、宫泽贤治、欧·亨利与海明威的书。这些选择实在不带半点趣味性，而且选的都是短篇。与其说我喜欢这些作家，不如说我可能根本不想阅读长篇大论，因为我怀疑自己是否还有力气读完具有一定长度的故事。

正当我读着欧·亨利的《贤士的礼物》时，原本坐在正面监视我的宫城走到了身边，偷看书里的内容。

“怎么，监视与读书可以并行不悖吧？”我压低声音问了问她。

“就是这么一回事。”语毕，宫城把身体凑得更近了。

真是令人感到安心的体香啊。我不禁如此觉得。

在晚上六点休馆之前，我全神贯注地读了几本书，偶尔为了让眼睛休息一会才走出图书馆，顺便在吸烟处抽根烟放松。

这是我第一次与别人共看一本书，让我不只在意自己的想法，也在意读着同一段落的宫城会有什么感觉，而读书这件事也变得更加趣味盎然。

回到姬野的家门前按了门铃，果然还是没人回应。虽然知道附近的邻居会觉得可疑，但我还是在姬野家门前停留了一个小时左右，等看看有没有人会回来。日已西沉，电线杆上的防盗灯亮了起来，脚边也堆满了烟蒂。宫城用责备的眼神盯着这些烟蒂，所以我从包里拿出便携式烟灰缸，将烟头全部捡了起来。

看来今天应该到此为止，下次再来吧。

我实在无法否认自己因为没见到姬野而感到安心。

回家途中，我似乎在某个地方不小心转错了弯，骑进了挂满灯笼的商店街里。我花了不少时间才意识到这条商店街就在我老家旁边，因为我从未试过从这条路回家，所以不曾注意过这里。

前方那间神社好像正在举办夏季庆典。我正好觉得肚子有点饿，将本田小狼停在停车场之后，就前往充满焦香酱味的会场，来回寻找想吃的摊位。

自从姬野搬家后，我也不想参加这一带的庆典，所以大概有十年没见过类似的庆典了。这里的庆典规模依旧不大，摊位的数量也只有十至十五摊，但仍然热闹得像少有娱乐活动地区的一大盛事。

在买大阪烧和大热狗之前，一切还算依计划行事，但在那之后，不知道是犯了什么失心疯，我居然决定每个小吃摊都买一点。把章鱼烧、刨冰、烤玉米、煎蛋皮、炸鸡、糖葫芦、巧克力香蕉、串烧、烤花枝丸、热带水果果汁全买了一轮后，就带到石阶上准备大快朵颐。

“你为什么一口气买这么多？”宫城一脸受惊的样子。

“这是为了一圆孩提时期的梦想。我一个人吃不完，你也帮忙吃一点吧。”说完后，我就开始动手处理这些食物。宫城有些不好意思地将手伸向我的袋子，说了声“那我不客气了”之后，便从煎蛋皮开始吃起。

在处理完这十二种小吃之后，我与宫城打从心底厌恶食物的味道。我们原本就是胃袋小的人，吃完这些食物，肚子就涨得和排球一样。过度的饱腹感让人怀疑自己会不会暂时站不起来，宫城则面无表情地舔着最后一种小吃——糖葫芦。

我们从石阶上鸟瞰夏季庆典的会场，狭长的参道摆满了摊位，两侧的灯笼则像飞机跑道灯一般笔直延伸，原本幽暗的神社因此透出微微的红光，会场里的人们都流露着欢乐的神情……简而言之，今天的庆典与十年前的没有丝毫不同之处。

那天，我……我与姬野也像这样坐在石阶上，望着会场里熙攘的人群。当时的我们明白自己没有资格混入人潮，所以只静静地坐在原地，等待着某件能肯定我们，能让一切变得合理的事情发生。

当时姬野也曾预言，十年后的夏天一定会发生“某事”，让我们由衷地觉得“活着真好”。而且她还说，如果十年后的我们都找不到结婚对象的话，届时两个没人要的人就彼此依偎终老。

如今，我已经来到十年后的夏天了。立下约定的那个人不仅不是待售品，还成了二手货。而我连库存品都算不上，直接被打成非卖品，人生也即将走到尽头。

不过就结果而言，我与姬野的确没有被谁拥有。

彼此再次成了形单影只的孤鸟。

姬野，你现在到底在哪里，又在做什么呢？

我再次在蝉声四起的神社里，静心向神明祈祷。

回过神来才发现时间已过去不少，只听见宫城在一旁飞快地写着笔记的书写声。夏季庆典也差不多接近尾声，人潮正逐渐散去。我抬起头，将垃圾整理成一堆之后，慢慢站了起来。

这时，突然有一道人影从石阶一步步走上来。

幽暗的天色，让我看不清来人的脸庞，但就在轮廓浮现后，我的时间突然暂停了。

人们不是常说，事情总会有超乎想象的发展吗？

可是，凡事总是在当事人尚未察觉之前，就已颠覆了整个状态。

我感到体内的细胞因无比的喜悦而不断跳动。

从四岁初次相会的那天起，到她十岁转学后从我眼前消失的那天为止，随着她踏出的每一步，回忆就在我的脑海里一个接一个地苏醒过来。

虽然她的容貌早与十年前不同，但不管她的容颜如何改变，我也不可能认不得她。

直到她行至能看清彼此表情的位置时，我用干哑的声音喊了声：

“姬野。”

那位女子骤然驻足，以那毫无生气的眼神望向我。

那张脸，渐渐露出不可置信的表情。

“……是楠木吗？”

姬野用与那日一般清澈的嗓音，轻唤了我的名字。

第十章　致　我唯一的青梅竹马

我至今仍想不起来再次与姬野相逢时说了些什么，甚至连姬野的打扮也完全没有印象，这应该是因为我当时太过兴奋，自顾自地说个不停吧。

聊什么其实一点也不重要，只要她愿意给我一点回应，我就心满意足了。

她似乎不是为了参加庆典而来。据她说，因为工作的关系，恰巧把车子停在了神社，所以才会从这段石阶路过。虽然接着问了她的工作内容，但她却避重就轻地说了句“是需要接待人的工作咯”。

“虽然还想继续聊下去，不过明天得早起。”她委婉地透露想回家的意思，所以我试着约她这几天要不要一起喝酒聊聊。

“喝酒的话可能不行，但吃饭可以。”姬野答应了我的邀约。

我们约在后天晚上见面，随后就各自回家。

即将溢出的幸福感，让我暂时忘了宫城的存在。

“这不是挺好的吗？”宫城说，“连我也没料到事情会有这样的展开。”

“我也一样啊，真是超乎想象的发展！”

“嗯……事情总是会有出人意料的时候呢。”

第十章
致　我唯一的青梅竹马

与姬野下次见面是在两天之后，那天才是一决胜负的时候。

在那之前，我得做好各种准备才行。

回到公寓后，我将“死前愿望清单”里有关姬野的那一项画上删除线。铺好床之后，又对宫城说：

“不好意思，我有件有点奇怪的事想拜托你。”

“我可不陪你喝酒哦。”

“不是喝酒，是明天的事情啦。我无论如何都想把一切准备就绪再去见姬野，所幸我后天才与她见面，所以希望明天一整天都能用来为后天的见面做准备，不知道你能不能陪陪我？”

“准备？准备什么？”

“我知道现在对你有所隐瞒是不明智的。不过老实说，我在这二十年的岁月里从未与女性认真交往过，如果就这样与姬野见面，恐怕会让她觉得无聊或大失所望，为了让失败的可能性多降低一分，希望你明天能陪我逛逛街，假装约会一次。”

宫城听完之后，表情僵硬地愣了几秒钟。

“如果我没理解错的话，你的意思是要我代演姬野的角色吗？”

“就是这么一回事。宫城，能不能帮我这个忙呢？”

“唔……我是没什么关系啦，只是这么做，可能会有几个致命的问题。”

“啊啊，你应该是担心除了我以外，没人看得到你这件事吧？”

“没错。”宫城点了点头。

“没关系啦，我根本不在乎旁人怎么看我，重点是，我希望能尽我所能地在姬野心中留下好印象。只要姬野能对我有多一点的好感，一切就值了，就算被其他人看轻也无所谓。”

宫城面露惊讶地说：“一遇到姬野小姐的事，你就瞬间变成另一个人了呢……只不过还有一个问题。你也知道，我根本不懂同年纪的女生在想些什么，所以可能没办法扮演好你想要的角色。姬野小姐觉得开心的事，我可能会觉得不愉快；姬野小姐觉得无聊的事，我可能觉得很刺激；姬野小姐觉得失礼的事，对我来说可能是符合礼仪的。总之有太多太多需要顾虑的事情，正因如此，要把我当成二十岁左右的女性范本，可能不太……”

“一遇到自己的事情，你倒是突然变得很自卑啊。”我像是要阻止宫城继续说下去一样，突然打断了她的发言。

“我觉得你说的都不是什么问题。依我而言，你与一般女生没什么不同，甚至比普通人还可爱一点。”

“……好吧，只要你不介意，我倒是无所谓。”

宫城有点畏缩地答应了我的请求。

翌晨，我打电话去美发院预约好时间之后，便上街买衣服与鞋子。我可不想穿着快褪成白色的蓝色牛仔裤以及脏兮兮的运动鞋去见姬野。逛到看似格调不错的商店便听从宫城的建议，买了FRED PERRY(**注：英国著名网球用品品牌，因不喜欢作任何花巧设计，只求简**

单耐看，极受时下年轻人喜爱）的POLO衫与卡其裤，又买了一条搭配用的皮带，同时在鞋店买了双巧克力色的沙漠靴。

“其实你不用那么在意穿什么哦，我觉得只要穿得整齐干净就行了。”

“我可以把这番话理解成对我外表的恭维吗？”

“爱怎么想是你的自由。”

“我知道了，就当我自作多情吧。看来，有人正在赞美我呢。”

“你不必每件事都向我报告。”

购物行程结束后，我比预约的时间提早许多抵达了美发院。我遵循宫城的意见，坦率地向理发师表达明天要去见一个重要的人的意愿，这位女性理发师露出淡淡的微笑，亲切地为我剪发，还给我传授了好几个实用的建议。

说得夸张一点，穿着全身新衣，顶着新发型的我简直就像另一个人。原本厚重的头发与松垮的衬衫似乎让我显得超乎想象的阴沉。一改先前打扮的我就像从流行MV里走出来的明星，全身散发着爽朗的朝气。

“没想到，你居然变得与昨天之前完全不一样。”连宫城也如此赞叹。

“是啊，看起来不像是一年只值一万日元的人吧？”

“的确，简直像个拥有光明未来的人。”

“多谢你的赞美。宫城笑起来也很像图书馆的妖精啊。”

“……看来楠木先生今天的心情非常愉快啊。”

“好像是这样吧。”

“不过，‘图书馆的妖精’又是什么意思？”

“就是知性又楚楚可怜的女性。”

“你也对姬野小姐说过同样的话吧？”

“她是她，你是你。这个赞美只属于宫城哦。”

虽然表情不太自然，但宫城还是微微低着头说：“那真是多谢了。”

“唉，只不过你我身为人类的价值都趋近于零啊。”

“这还真是不可思议啊。”我不禁感叹道。

这时我们正坐在大马路旁一条巷子里的意大利餐厅中，这番对话也被旁人看成是我在自言自语。隔桌的中年夫妇频频往我这偷看，还不断窃窃私语。

用餐结束后，我们穿过大马路，沿着桥旁的阶梯走下，去往河畔散步。酒后心情愉悦的我在散步期间握着宫城的手，边走边大幅度地前后摆荡，而宫城露出不知所措的表情，被我强行拉着走。别人肯定会觉得我此时走路的方式很诡异吧。但那又如何，反正我本来就不是什么正经的人，倒不如让自己怪得彻底，心情还能轻松许多。

“嘿，喝醉酒的楠木先生，请把我当成姬野小姐说些动听的情话吧。”开始习惯被我牵着手的宫城，以一副事不关己的态度命令道。

我停下脚步，面对宫城，注视着她的双眼说:“在我的人生里，最美好的事情就是你出现在我的面前，最糟的就是你在我面前消失……如今，你的回答将决定我的人生是天堂还是地狱。”

“还不错嘛，没想到你能这么顺口地说出像绕口令的情话，我真佩服你啊。”

“那你觉得姬野会怎么回应？”

“是啊，重点是姬野小姐会怎么回答……”宫城把手靠在嘴边陷入沉思,“大概是‘为什么突然说这个’吧，姬野小姐有可能会用傻笑蒙混过去。”

“是哦，那宫城你会怎么回答？”

“……我不懂你为什么问这种没意义的问题。”

“没什么，我只是开玩笑，别放在心上。”我笑了笑，打算把话题带过去。

“楠木先生生性如此吗？习惯将玩笑话挂在嘴边？”

“我也不太了解自己。我不太相信什么个性啊，气质或本性这类的字眼，因为这些特质全会随着环境改变。从长远来看，每个人之所以有不同的特质，取决于他们身处何种环境。许多人过度相信所谓的本性难移，不过这些特质远比一般人想的还要表面许多。”

“没想到这番话居然是从你的口中说出来的。”

“在可悲的一般论之前，每个人都会觉得自己是例外啊。”

“的确如此啊。”宫城以小声地叹息表达同意。

在河畔走累之后，我们随便上了一辆公交车，车内虽有几位乘客，但我不以为意地与宫城谈起有关姬野的回忆。换乘几班公交车之后到达的观景台是镇内数一数二的约会胜地，有将近十对情侣在这里肩并肩地搂着彼此，或是躲在一旁偷偷摸摸地接吻，不过我丝毫不在意，只顾着与宫城聊天，但也没有因此感受到什么异样的眼光，想必大家都忙得没空理会别人吧。

“我第一次来这里的时候，身边有姬野陪着。那个螺旋状的楼梯——靠近屋顶楼梯转角处的扶手，刚好是小孩想爬上去的高度与宽度。姬野当时也想爬上去，但仔细观察就会发现，扶手末端有一段不大不小的空隙，正当姬野快要从那段空隙直直摔到地上时，要不是站在旁边的我拉了她一把，她一定会摔下去。那家伙老是装出一副很知性的样子，骨子里却是个冒失鬼，总之就是一个让人放心不下的家伙。那天情急之下拉住姬野的我也因此摔倒擦伤，但唯独那天，她从早到晚都对我异常温柔——”

看着为了掩饰不安而喋喋不休的我，宫城的脸上露出了复杂的表情。

此时的她，应该早已洞悉之后会发生的事情吧。

但她却没有对我泄露半分。

明明观景台是点破一切的最佳场所，宫城却选择了沉默。

想必，她想尽力让我做一场好梦吧。

约定见面的那天终于到来。下着雨的午后，车站里绽满了伞花。从二楼的窗户向下窥望，五颜六色的雨伞正往不同方向移动着。

我们约好下午五点在书店前见面，但过了十分钟仍不见姬野的踪影。

别着急。

我暗自在心里告诉自己。下着雨的街道交通特别混乱，而且姬野的工作肯定很忙，哪像我这种无业游民。

纵然明白这个道理，但我仍忍不住一分钟看三次手表。

默默苦等的这二十分钟仿如一两个小时般漫长。会不会是我或姬野弄错了见面的地点呢？这份担心不由自主地爬上心头。可是她的确约在“书店前”碰头，而车站里只有一间书店，绝不可能弄错的。

就在超过约定时间二十七分钟，我正打算离开书店寻找姬野时，刚好看到她轻轻挥着手向我走来。原以为那天只不过是姬野为了找借口离开现场才礼貌性地随口约定，但此时见到她，原本紧绷的身体也因为安心而完全放松下来。

即便她不是我这十年间无法割舍的念想，今天的姬野依然美得不可方物。每一条曲线似乎都经过精密的计算与设计，每一寸部位皆各司其职，仿佛这一切都是构成她这纤秾合度的身材的必然要素。

假设我只是个与姬野毫无关系的路人，但只要看她一眼，胸口就会涌现一股莫名的苦楚，她的存在必定在我心里留下了难以弥平的空洞。

我无法将眼前这位美女占为己有吧……若是这样，我今后的人生岂不是只剩无尽的空虚了吗——就算会有这种想法也不足为奇。

可喜的是，在这车站的人群中，我是与她最为亲近的一个。

为此，我由衷地感到欢喜。

"抱歉，下雨害公交车迟了，"姬野边道歉边说明迟到的理由，"不好意思让你久等了，我请你吃点东西吧。"

"先欠着吧，这次是我邀你出来的，暂且将今天迟到的事情抛在脑后吧。"

我不仅改变了自己的外表，甚至为了展现自己说话的音域应有的音色，还把音调提高了四度左右，就连我自己也为此感到惊讶。

"嗯，这代表已经决定好下次的约会咯？"她以冷冷的表情说着，并打量着我的装扮。

"是啊，然后下次见面时，我还想再约下次的约会。"

"你真是直白得可爱啊。"她不禁掩嘴窃笑了起来。

这真像姬野会说的话啊，我在心中喃喃自语着。此时此刻的姬野与过去无异，一点也没有改变过。十岁时的她也像这样，喜欢用温柔的语气讽刺我。

穿过地下隧道，准备走到大马路时，我一撑开伞，姬野就把伞从我手中抢走，撑在我们之间。

"还记得之前忘记带伞的都是楠木，你每次都像这样躲进我的伞里呢。"

“以前真的经常这样吗？”我把伞从姬野手中夺回来，撑在离她比较近的位置之后，一同走向大马路，“那从今天开始角色互换也没问题吧？”

“原来如此。”

两人同撑一把伞，并肩向前迈出。

这时候姬野问了我前天在石阶那里做什么。

“为了去见姬野啊。”

“骗人。”姬野用肩膀轻轻地顶了我的肩膀一下。

“真的啦。”我边笑边回答。

我希望能顺着现在的气氛渐入佳境。

我的心意能就此传达给姬野，姬野也愿意向我示好。

我对这一点深信不疑。

我一点也不想思考姬野此时的心思。

那么，容我公布正确答案吧。

到了餐厅之后坐在姬野对面的我，在聊天的过程里犯了难以挽回的大错。严格来说，那或许不算是失误，因为无论经历多少次相同的场面，我还是会做出相同的选择，因为我已经别无选择了。因此，要是将我的选择当作“失误”，我想这种失误并非现在才发生，而是早在之前就逐渐形成了。

我花了大把时间才造成这种无法挽回的失误。

我总算明白，为什么宫城会百般阻挠我与姬野见面了。

点餐后，我向姬野露出充满好感的笑容，她也回以我同样的笑容。姬野一口喝完玻璃杯里的冰水，就接着说："我想知道楠木在过去的十年里都做了些什么。"

我说："我想先听听姬野在这十年之间经历过的事。"

"还是楠木先说吧。"

我始终拗不过她。

"其实没什么值得一提。"打好预防针之后，我就开始聊起初中和高中时代的往事，的确都是些不值一提的事情。到了初中二年级左右，我的学习能力就出现了下滑的征兆，十岁时完美无瑕的记忆力也随着年纪增长而迅速流失，虽然高中进了第一志愿的学校，功课却再也跟不上其他同学，最后不得不进了这所平庸无奇的大学。父母原先认为这种三流大学没什么价值，在我几番劝说之后才为我付了入学费，而学费与生活费则得靠半工半读赚取。十七岁那年的冬天结束后，我就再也没有提起过画笔了。

才五分钟就说完过去十年的岁月，我的人生，几乎一无是处。

"这样啊，你放弃了画画……真可惜，我很喜欢楠木的画呢。"

体贴的姬野与之前某位男子真是大不相同呢。

"以前的你总是画笔不离身，心无旁骛地画着，画出令人屏息的作品，我真是比不上你啊！那时我真的好羡慕你。"

"可是你那时一次也没赞美过我啊。"

“那时我总想与楠木一较高下，只会读书而没有其他才能的我，怎么可能认同你除了读书之外的才能呢，可是……楠木你可能没发现，我常常偷偷把你的画带回家，静静地盯着看呢。”

姬野望着远方吐露这段往事。

“说到一较高下，我也有同样强烈的心情。我们的成绩虽然不相上下，但当时只有外貌靓丽的你受到大人的称赞。既是美人又会念书，害得我在你面前自卑不已。”

“谁也没想到你口中的这位美人会在高中辍学吧。”姬野面无表情地说着。

“辍学？”我故意装出惊讶的表情。

“你果然不知道这件事啊。”姬野皱起眉头露出苦笑说，“我还以为你会从同学会或其他场合听到这件事呢。”

“小学同学会，我一次也没参加过，我心想反正你也不会参加。”

“这样啊……我话先说在前头，我过去的十年也不太有趣……”

姬野铺垫好之后，便开始说她直到高中辍学为止经历过的一切，虽然我之前就从宫城口中得知了她怀孕生子的事，姬野却故意省略，只淡淡地提了几句：“与先毕业的学长结婚之后，我就毅然决然地休学了，之后婚姻生活不顺遂就离了婚。”

“现在看来，当时的我真是个孩子啊。”姬野不自然地挤出几声笑，“我没办法对事情睁一只眼闭一只眼，只要有一点点的不完美我就受不了，非得从根本颠覆每件事才行。看来在十岁那年的夏天转学后，与楠木相隔两地的我，想法也不曾有半点改变……十年前的我觉得自己是个聪明的小孩，因此认为人生无需再有任何长进的想法也在心底油然而生。多亏如此，纵然身边的人早已有所改变，我仍与那个爱做梦的十岁少女没什么区别。”

姬野边聊着自己的过往，边用一副受尽苦楚的眼神盯着放在桌上的双手。

“那楠木又怎样呢？你这十年来也改变了吧？”

从此刻开始，我失去了原有的冷静。

“一成不变的不只姬野一个人！”我说，“自从姬野消失的那天起，我就没有改变过，独自一人，漫无目的地过了好几年失去生存意义的日子，仿佛全世界都想让我失去希望，逼我行尸走肉地活着，如此苟延残喘的我，终于在前几天——”

我知道接下来要说的是什么，也猜得到姬野会有什么反应，更清楚拆穿一切的自己有多么愚蠢。

但，我就是阻止不了自己。

“我把自己的寿命卖掉了，一年只值一万日元而已。”

我还是坦白了一切。

姬野虽然露出疑惑的表情，但压抑在胸中的真心话，却如山洪暴发，一发不可收拾。

我将一切一五一十地告诉了姬野，例如收购寿命的那间店是怎么一回事，或是原以为一年寿命可以卖几百万，结果却卖了最低收购价一万日元。因为对未来绝望，致使我将寿命卖剩下三个月。当然也说了卖掉寿命之后，有位如影随形的监视员跟着我这件事。

我以博取同情的口吻，滔滔不绝地述说着一切。

“虽然姬野看不见，不过这位监视员现在就在我身边，”说完这句话，我指了指宫城的方向说，“就坐在这里哦，宫城这个女生虽然说话不留情面，但多聊聊后就会发现她是个很好的人……”

“等等，楠木，我希望你别破坏现在的气氛……你知道刚刚所说的每一句话有多么荒唐吗？”姬野面露难色地说。

“嗯，知道啊，我明白那是非常超现实的一番话。”

“是啊，的确不合逻辑……不过呢，我无论如何都不认为楠木在说谎。就连你来日无多这件事，或身边有位女监视员这件事，我也全部相信。毕竟我们认识了这么久，要是你说谎骗我，我立刻就能察觉。虽然真的令人难以置信，但我相信，你的确卖掉了自己的寿命。”

此时，我的喜悦难以向旁人形容。

“……虽然现在才说有点不好意思，但老实说，我也有一件事一直没对你坦白。”姬野轻咳了几声，清了清喉咙之后，将手帕掩在嘴边，迅速地站了起来，“不好意思，我先离席一下，等吃完饭再继续聊下去吧。”姬野就这样离开了座位。

由于她朝洗手间的方向走去，所以我也不以为意，直到点的餐点端上桌，我还一直痴痴地等着，心想姬野怎么还不快点回来，我好想跟她继续聊下去啊。

可惜，姬野再也没有回来。

由于等了太久，我担心姬野是不是因为贫血在厕所里昏倒了，所以拜托宫城去厕所探探情况。

“不好意思，能不能帮我去女厕看看呢？说不定姬野发生了什么事。”

宫城沉默地点了点头。

几分钟后宫城回来告诉我，姬野早已不见踪迹。

我离开座位，来回在店里找了几次，谁知四处都找不到姬野。

我心灰意冷地回到座位，坐在早已失去热气的餐点前面，整个人像全身虚脱似的瘫在椅子上，同时有股不舒服的沉重感压在下腹部，喉咙也干到有些刺痛的程度。虽然想拿起玻璃杯喝水，却因为失焦，杯里的水全洒在了桌面上。

我一口一口慢慢地吃着冷掉的意大利面。

过了一会，宫城坐到了我的正前方，接着大口大口吃起姬野点的意大利面。

“冷掉的意大利面也很美味呢。”宫城边吃边发出感叹。

我却一句话也不想回应。

食不知味地吃完整盘意大利面后，我问宫城：

“喂，宫城，我希望你能坦诚地回答我的问题。为什么姬野会不告而别呢？”

宫城答道:“有可能一时之间无法整理思绪吧。”

的确有这个可能。

不过宫城早就知道实情没那么简单。

她之所以仍闭口不谈，一切都是为了我好。

我在柜台结完账，正准备踏出店外时，突然被人从背后叫住，回头一看，原来服务生有件东西要交给我。

“刚刚跟您一起来的客人，拜托我将这个交给您。”

那是一封用从笔记本上撕下来的纸写成的信。

我花了点时间将内容读了一遍。

之后，我就知道宫城一直没对我吐露实情。

“难道你早就知道这件事，却一直瞒着我吗？”

面对我的质问，宫城低着头回答:“没错，对不起。”

“你不用道歉啦，我还要感谢你让我做了场好梦呢。”

该道歉的人是我，只是我连承认过错的力气都没有了。

“在我原本的人生里,姬野达成了她的目的,是这么一回事吧？”

“你说的没错,”宫城说,“姬野小姐的确在楠木先生面前执行了‘那件事’。”

为了让我看见那件事。

为了一雪多年来的怨恨。

我再次读了那封信的内容。

信中写着:

致　我唯一的青梅竹马。

其实，我打算在你面前一死了之。

我打算故意让你在楼下等，然后从那座观景台上跳下来，摔死在你旁边。

或许你从未察觉，但我一直怨恨着你。

明明忽略了我的求救，如今却一派轻松地在我面前出现，这更加深了我对你的恨意。

所以，为了在你心中留下难以磨灭的印象，我打算死在你面前。

只不过，这十年来，你的生活似乎远比我偏离正轨啊。

即便现在向你报仇，恐怕也无济于事了吧。

所以我选择不告而别。

永别了。

唯独希望你说自己命不久矣的事情是真的。

我的人生，真是一场闹剧啊。

我就是不想让事情变成这样，才一个人独处至今。

我若能从一而终地贯彻自己的作风就好了。

走到车站前方的桥上，对岸大楼折射的阳光反射在河面上。我将姬野的信工整地折成一架纸飞机，朝着耀眼的河面掷了出去。纸飞机飞了一段不短的距离，最后落在水面上，随流水逝去。

我从怀中取出原本要交给姬野的信封，将装在里头的钞票一张一张地抽出来发给街上的路人。每位路人的反应皆有不同，有的一脸莫名其妙地盯着我，有的诡笑了几声，说了声谢谢后就碎步跑走，有人则是严正地回绝了我，有些家伙还要我多给几张。

“快住手，别再这样了。”在一旁看不下去的宫城拉住我的衣袖。

“别理我，反正不会给别人造成困扰。”我拨开了宫城的手。

信封里的钞票一下就发完了。接着我把钱包拿了出来，将里头的钞票发到连一千日元也不剩。

等到能发的钱都发完，我呆立在熙攘的桥面中央，久久不愿离去。

周围路过的人似乎觉得我很挡路，纷纷投以嫌恶的眼神。

此刻的我别说出租车的车资，身上连坐电车的车费也没有，只能徒步回家。

雨，开始下了。宫城急忙从包里拿出蓝色的折叠伞，我才发现原来我把雨伞忘在了餐厅里。无所谓，管他身体会淋湿还是会感冒。

“这样下去会浑身湿透的哦。”宫城边说边将伞撑高，示意我躲进伞里。

“你也看到了吧，我就是想淋个痛快。”我说。

“是吗？”

语毕，她把伞收了起来，放回包包里。

淋成落汤鸡的我身后，跟着同样淋成落汤鸡的宫城。

“你没必要陪我一起淋雨。”

“你也看到了吧，我就是想淋个痛快。”宫城说道。

随你高兴吧——我的背影应该如此低诉着。

直到发现一处能稍挡大雨的公交车站，我才决定暂且进去避雨。上方倾垂的路灯像是偶尔想起来才亮一下似的，不断闪烁着。

刚坐下，一股难以抵挡的睡意便突然袭向我。想必我的精神肯定比身体更想好好地大睡一场吧。

可惜应该只睡了几分钟，身体的湿冷便将我从睡梦中唤醒。

宫城就睡在旁边。她两手抱着膝盖，瑟缩着身体取暖。

真可怜啊，为了我这种愚蠢的行为遭受池鱼之殃。

为了避免吵醒宫城，我轻轻地站了起来。环顾四周，发现一处年久未用的文化活动中心。虽然称不上干净，但电力供应应该不成问题，玄关与和室也没有上锁。

我走回公车站，将在板凳上沉睡的宫城抱了起来，然后往活动中心走去。

远比我浅眠的宫城怎么可能没有因此醒来?

然而直到最后，宫城仍继续装睡。

那是个充满旧榻榻米臭味的房间。和室的角落里叠了一座像小山的坐垫，确定没有虫子埋伏后，我将几张坐垫叠起来铺在地板上，让宫城睡在上面，自己则在稍远的位置如法炮制，把坐垫当成睡床使用。窗边还有像几十年前留下来的蚊香，我掏出打火机将它点燃。

第十章
致　我唯一的青梅竹马

雨声仿佛唱着摇篮曲。

我又像平常一样，开始执行睡前的习惯。

眼皮里映着最美丽的风景。

我将梦想中的世界从头到尾想象了一遍。

不曾有过的回忆，不曾抵达过的远方，不知是过去还是未来的某一时刻，全在此刻一幕幕地幻想一遍。

从五岁开始，这个睡前习惯就不曾间断过。

该不会是这份充满少女情怀的习惯，才让我迟迟无法融入这个世界吧？

但唯有保持这个习惯，我才能向这个世界妥协。

夜半骤醒的我，感觉到那是场每逢失意就突然现身的希望之梦。

假设一切都是梦，那绝对是一场令人感到羞耻的梦境。

假设梦里的一切都是现实，那的确没有比这更令人高兴的事了。

榻榻米上的脚步声越走越近，全拜她身上的香味之赐，我不用转头也知道蹲在枕边的人是宫城。纵然是在如此炎热的季节，宫城的体香仍像冬季清晨那般清新澄澈。

我刻意闭着眼睛。不知为何，总觉得这么做符合现在的情景。

她轻轻地用手抚摸着我的头。

我想全程应该不超过一分钟。

宫城似乎轻声说了些什么，但全被窗外的雨声盖了过去。

半梦半醒的我是这么觉得的。

宫城到底带给我多少救赎呢?

假设没有宫城陪伴，此刻的我该会陷入怎样的绝境?

所以我告诉自己，从今往后，绝不能再给她添麻烦了。她的陪伴，全是工作所迫。她的温柔，也只是因为我是个将死之人，绝非对我有任何好感。

我不该再对她有任何错误的期待，这种期待除了会让自己遭受不幸，还会把她拖下水。若让她背负不必要的罪恶感，我的死亡只会成为一场拖棚的歹戏。

成熟地面对死亡吧，回到那个不对他人有任何期待，封闭又安稳的生活里，然后像只猫一样，躲到不为人知的地方安静死去。

是的，我暗自在心里立下决心。

翌晨，蒸腾的暑气迫使我苏醒。窗外有群小学生正做着收音机体操。宫城早已起床，一边用口哨吹着妮娜·西蒙（**注:美国著名歌手，作曲家与钢琴表演家**）的《I wish I Knew How it Would Feel to be Free》的旋律，一边收拾坐垫。

虽然睡意未消，但这里绝不是久待之地。

“回家吧？”宫城开口问我。

“啊，回家吧！”我回答。

第十一章 自动贩卖机巡回之旅的提议

从文化活动中心徒步走了四小时，终于回到了公寓，房间的气味让人格外怀念。

我不仅走得浑身是汗，双脚也全是水泡。正当我推开更衣室的门准备冲澡时，想让宫城先洗澡的念头突然在脑海里闪现。然而，要是太过体贴，宫城刻意营造的距离感可能就会因此被破坏殆尽了。

我忍着想继续冲澡的心情，迅速地把身体洗干净，便换上衣服走回房内。根据过往经验，宫城在我睡着之后才能自由洗澡或吃饭，所以我立刻躺进棉被假睡。

装睡之际，我听见宫城悄悄走去冲澡的声音。当我正准备起身时，又听见她走回来的脚步声，所以急忙再次闭上眼睛。

“楠木先生。”宫城唤了唤我的名字。

我假装没听见。

“楠木先生，你睡着了吗？”宫城走到枕边，轻声地问着我。

“我会这么问，当然是因为知道你在装睡。如果你这么做是为我着想的话，谢谢你……晚安，浴室，借用一下咯。”

一听见更衣室关门的声响我就坐了起来，望着空荡荡，失去宫城身影的房间角落。难道今天她也要坐在那边睡觉吗？难道还要拖着那副亟需休息的身体，重复着睡几分钟，醒来监视几分钟的睡眠模式吗？

我试着坐到那个角落模仿宫城的姿势。不论等了多久，始终无法感到睡意。回到房内的宫城拍了拍我的肩膀，用劝说的口吻提醒我："为什么坐在这里？回到棉被里睡觉比较舒服哦。"

"这是我的台词吧，你才应该在棉被里好好睡上一觉。睡在这种地方，果然不太合适吧。"

"没什么不合适的，我早就习惯了。"

我睡回被窝之后，将身体往垫被的左侧挪过去。

"待会我就睡在垫被的左边，不论发生什么事，我也不会入侵右边的区域，当然也不会偷看。这绝对是最方便监视我的地点，至于要不要睡进来，全由你自己决定。总而言之，我只睡在左边。"

这是唯一可能让宫城妥协的方案。宫城绝不会接受我睡地板，她睡垫被的条件，但就算我请她睡在身边，她恐怕也不会一口答应。

"你在说梦话吗，楠木先生？"宫城似乎在确认我是不是在开玩笑。

我假装没听见，闭着眼睛不予回应。差不多过了二十分钟，背后传来宫城钻进棉被的感觉。没过多久，背后就传来轻缓的休憩声。看来一天下来，她也累坏了。

我们就这样背对着背，共享着同一张垫被。我明白，这种提议不过是自我满足而已。结果我还是给宫城带来困扰了，她也不想这么做吧。要是她如此依赖他人的温柔，会使她长年累月培养起来的强韧渐渐枯萎，而且这份体贴还是一个将死之人的一时兴起，纯粹是一份不稳定的感情。这种温柔非但不是救赎，还可能是一种伤害。

不过宫城以更深沉的温柔接纳了我这份半吊子的温柔。她应该是想尊重我这份好意吧？也有可能只是她真的累坏了。

射入房间的炎红色余晖吵醒了我。原以为宫城起床了，没想到她也才从棉被里坐起，眯眼望着耀眼的落日。在视线交会的那一瞬间，我们不约而同地错开了视线。或许是睡得很熟的关系吧，刚起床的宫城一副毫无防备的模样，头发与衣服都不似平常整齐。

“今天有点累才会这样，”宫城像在辩解一样，“明天起，我就会睡回原本的角落。”

之后又多加了一句：“不过，还是很感谢你。”

我与宫城落寞地走在落日的余晖之中，耳边嘈杂的蝉鸣声嗡嗡作响。

或许是同睡一寝的副作用，今天的宫城与我保持了比平常还远的距离。

从便利商店领出仅剩的储蓄时，我才发现这个月打工的薪水已经到账了。

我暗忖，这是最后一笔生活费了。

非得谨慎地规划用途不可。

第十一章
自动贩卖机巡回之旅的提议

从漆成暗红色的天桥欣赏完夕阳之后，我们便前往牛肉盖浇饭店用餐。由于这是间使用餐券的店，宫城也买了自己的餐券，说了声“麻烦你”后，就将餐券交给了我。

“就快没有事做了。”在喝完味噌汤之后，我如此感叹着，“写在死前愿望清单里的事情，已经全部完成了。接下来，我该做些什么才好呢？”

“可以做一些喜欢的事情啊，你不是还有一些爱好吗？”

“啊啊，你是说欣赏音乐与阅读吧……可是现在想来，这两种兴趣不过是我为了维持生存意志的手段，为了度过一无是处的人生，才选择与音乐和书籍相伴。对于无须为生存挣扎的我而言，这两项嗜好已不如以往重要了。”

“不可以改变欣赏的角度吗？纯粹聆听音乐之美也不错啊。”

“可是，我无法像以前那么投入了。不管看了什么，听了什么，只觉得这些已与我无关……仔细想想，这个世界大部分的资源都是为了今后还要继续活着的人准备的，像我这种将死之人就别多加奢望了。这句话很有道理，而且事实如此。”

邻座正在拌着牛肉盖浇饭，貌似五十岁上下的男子看到独自一人谈论着死亡的我，不禁皱起了眉头。

“没有更单纯的兴趣了吗？例如到废墟一游，或是边走边数铁路上的枕木，又或者玩玩十年前就被人遗忘的老旧电子游戏。”

“你举的例子也太具体了吧。该不会在之前的监视对象中，有人有这样的兴趣吧？”

“是啊，甚至有人最后一个月是躺在行驶中的小货车的货斗里仰望天空。他将卖掉寿命所得的钱全数送给连名字都不知道的老人，还拜托那位老人在不引起他人怀疑的情况下，让小货车继续在路上奔驰。”

“听起来真是悠闲啊，但或许是最聪明的一条路。”

“其实真的很有趣哦。所有景色纷纷往背后飞逝的感觉真的很新鲜。”

我试着想象那样的情景。在蓝天白云之下，在蜿蜒的乡间小路上，一边感受着令人身心舒畅的清风与晃动，一边朝无尽的远方奔驰，一旦回忆与后悔浮上心头，都能当场抛在路旁。那种越往前越远离尘嚣的感觉，的确与死期将近的人非常相似。

“你可以多说一点这些事吗？不违反职业道德或守秘义务的内容就好。”我说。

“回到公寓后，你想听多少都可以，”宫城说，“若是在这边说，你可能会被别人当成怪人。”

回家时，我们刻意绕了大远路，沿途经过了小片的向日葵花田，也经过小学的旧校舍，也从盖在斜坡的墓地前方走过。初中校园里好像正在举办活动，我们走着走着，迎面走来一群肤色健康黝黑的孩子们，擦肩而过之际，我闻到他们身上散发出止汗剂与防虫剂的香味。

第十一章
自动贩卖机巡回之旅的提议

这天夜里的空气就像浓缩了整个夏季一样，十分清新。回到公寓后，我骑上本田小狼，再次载着宫城出门。或许因为我们今天穿得很单薄，我能清晰地感受到宫城的柔软。怎么也平静不了的我还不小心闯了一次红灯，谁知慌张地握紧煞车后，彼此的身体更加紧密地贴在了一起。此时，只希望宫城不要发现我心中的悸动。

爬上斜坡，在镇上风景最佳的山丘停车后，我从自动贩卖机买了两罐咖啡，细细地欣赏眼前沉静的夜景。山丘下方是一整片的住宅区，纯洁的橙色亮光正一闪一闪地绽放着，望向稍远的方向，市区的灯光看起来更加渺小。

回家后，我刷完牙就侧卧在棉被里听宫城说故事。宫城用一种说睡前故事的节奏，说着她监视过的人们那些“说出来也无妨的”故事。比起伟大的文学作品，那些既不特别又平凡的故事反而更能抚慰我。

隔天，我将剩下的色纸折成纸鹤，顺便思考接下来该做的事。宫城也坐在桌子的正对面折着纸鹤。

突然，她开口说:“如果能一直这样下去应该也不错。”

“没被纸鹤淹死应该挺不错的。”我说完，便用双手一捧，将一堆纸鹤向上撒去，宫城也同样双手捧起一堆纸鹤，往我的头上抛撒。

折到疲惫后，我们走出门外呼吸新鲜空气，也在烟酒店买了包Short Hope香烟，随即点燃一根享受。喝着从自动贩卖机买来的罐装咖啡的同时，我突然发现一件事。

一件太熟悉，熟悉到被我忽略的事情。

宫城就像偷听到我的心事一般，窥探着我的表情问："怎么了？"

"没什么，只是想起一件无聊的事。我突然想起来，自己有一项打从心底'喜欢'的东西。"

"说说看啊。"

"我其实很喜欢自动贩卖机。"我边搔着头边回答。

"啊？"宫城突然愣了一下，"你喜欢自动贩卖机的哪个部分？"

"哪个部分呢？其实我也不太清楚。只是小时候曾经想变成自动贩卖机。"

宫城歪着头，一脸惊讶。

"……容我确认一下，你说的自动贩卖机，就是那种卖咖啡和可乐，你也常常使用的那种东西吧？"

"是啊，自动贩卖机不止卖咖啡与可乐，还提供各种商品。例如香烟、雨伞、护身符、烤饭团、乌龙面、棒棒冰、冰淇淋、汉堡、关东煮、炸薯条、腌牛肉三明治、泡面、啤酒和烧酒……日本真是自动贩卖机大国啊，应该是治安良好的关系吧。"

"你是说你很喜欢什么都卖的自动贩卖机吗？"

"是啊，我除了喜欢使用自动贩卖机，也喜欢欣赏它们。即便是平凡无奇的自动贩卖机，我也愿意花上一大段时间仔细观察。"

"……这真是非常有个性的兴趣呢。"

没想到宫城居然会附和我，但实际上只是索然无味的兴趣罢了。

我心想，这毫无建设性的兴趣足以成为我这无聊人生的象征。

“不过，我似乎明白为什么了。”宫城的语气带有几分激励。

“明白为什么想成为自动贩卖机的心情吗？”我笑着回应。

“不是啦，我还没能理解这种心情呢。不过，自动贩卖机总是站在原地为人提供服务，对吧？只要投钱就随时为人们提供温暖。自动贩卖机总能让人感觉到一种果断、稳定、永恒的特质呢。”

听完宫城这番话，我不禁为之感动。

“好厉害啊，你居然把我脑里的想法表达得如此具体。”

“没什么。”她不露喜色地点头道谢，“自动贩卖机对我们监视员来说也非常重要呢，因为它们不会像店员一样忽略我们……所以我大致能体会喜欢自动贩卖机的心情，不过接下来你打算怎么实践呢？”

“这就得提到我另一个兴趣了。我每次光顾烟酒店，都会想起保罗·奥斯特执导的电影《烟》，我非常喜欢这部电影。在这部电影里，经营雪茄店的奥吉每天早上必定会站在店门前的十字路口，在相同的地点拍摄照片，而这种‘单纯’的挑衅行为，实在令人大感痛快，所以我才想模仿剧中的奥吉拍一些乍看之下毫无意义的照片。以一种谁都办得到的方式，以及近乎愚蠢的心态拍摄到处可见的自动贩卖机。”

“我可能无法明确地表达，”宫城说道，“不过这种兴趣我也非常欣赏哦。”

就这样，我启程踏上了自动贩卖机巡回之旅。

首先，我在二手店买了一台生锈的银盐相机、相机背带，以及十卷底片，这就算准备齐全了。虽然数码相机比较便宜，管理照片也比较轻松，但是我想更深刻地体验“正在摄影”的感觉，所以才会这么选择。将底片装进相机后，我跨上本田小狼，然后不断拍摄遇见的每一台自动贩卖机。

拍摄时，我总是尽力让自动贩卖机周边的景色一并入镜，自动贩卖机的外观以及陈列的饮料并非我在意的部分，我只想将自动贩卖机以何种姿态伫立于某处的景色拍成照片，记录下来。

一旦认真寻找，才发现镇上的自动贩卖机远比想象中的多，光是公寓附近就拍了几十张照片，即便是走过千百次的街道，也出现了好几台不曾注意过的自动贩卖机，这些小发现令我雀跃不已。而且就算是同一台自动贩卖机，白昼与黑夜的样子也有所不同，有些自动贩卖机借着亮光强调自身的存在，却也因此招来蚊虫包围，有些则是进入节电模式，只剩按钮的亮光隐约在黑暗中浮现。

比我还执着这类无聊兴趣的人比比皆是，无论我再怎么拼命也不可能胜过那些人。但我毫不在意，不管谁在一旁说闲话也没关系，这就是最适合我的作风。

每天早上的第一件事就是前往照相馆等待冲洗好的照片，我也习惯利用期间的三十分钟吃早餐。一天结束时，我会将早上洗好的照片排列在桌子上与宫城一同欣赏，之后再一张张小心地摆进相簿里。虽然每张照片的中心都是自动贩卖机，但这样的共通点却让此外的差异更显眼，仿佛是同一个人以同样的姿势与表情站在镜头中央，发挥出某种度量衡的效果。

相片馆的老板对每天早上都来洗自动贩卖机照片的我很感兴趣。当我对着空气兴奋地说话时，那位白发苍苍、体形瘦削，非常谦虚有礼的四十岁老板问了我一句：

“是有人站在那里吗？”

宫城与我面面相觑。

“有啊，一位名叫宫城的女生，工作是负责监视我。”我说。明知毫无意义，宫城还是微微点头，说了声“请多指教”。

我不认为老板真的相信宫城存在，但老板居然说了声“原来如此”，便全盘接受了一切。看来偶尔也是会遇到这种有点奇怪的人。

“所以，这些看似奇妙的照片，都是在拍那位女生咯？”老板继续追探下去。

“不是，照片的主角并不是那位女生，这些纯粹是自动贩卖机的照片而已。我与宫城一起寻找自动贩卖机，并将找到的自动贩卖机拍成照片。”

“之所以这么做，是因为你有些心声想对她倾吐吗？”

“也不是，拍这些照片只是我的兴趣而已，宫城也只是因为工作才跟着我。”

“好吧，那就请努力拍下去吧。”说这话的同时，老板露出不明所以的表情。

走出照相馆时，站在本田小狼旁的宫城正准备跨上后座，我也趁机将这幅景色拍成照片。

“你在拍什么啊？”宫城歪着头不解地问。

“没什么，刚刚听了老板的话之后，突然想拍一张看看。”

“别人可能只会觉得这是一张无聊的摩托车照片呢。”

“在别人看来，我拍的每一张照片都没有意义吧。”我说。

还好像照相馆老板这样的人是少数，否则就麻烦了。还记得某天早上准备去公寓门外的垃圾放置场时，我压着门，等着宫城穿好鞋子下楼，刚好隔壁房间的邻居也走下楼梯。这位男邻居的身高不凡，眼神也给人强烈的压迫感。宫城下楼后说了句“久等了”，我把门带上的同时也顺口回了句“那么出发吧”。这时那位邻居突然转头看着我，表情像是看到什么可怕的东西一样。

今天是微风不起，艳阳高照的一天。我在陌生的区域迷路了将近两个小时，好不容易才来到熟悉的地方，而那个地方竟然是我与姬野共同度过童年的故乡。说不定迷路时，人都会本能地往故乡的方向前进。这或许是一种返巢本能吧。

话说回来，故乡的自动贩卖机仍然在老地方，我骑着本田小狼穿过田间小路时，也拍了好几张照片。

第十一章
自动贩卖机巡回之旅的提议

少年时期常去的杂货店门口，仍摆着一台充满复古情怀的冰淇淋自动贩卖机。我特别喜欢麦片巧克力球、黄豆粉糖棒、骰子牛奶糖、橘子口香糖与柚子糖——如此想来，我小时候净是吃这些甜食啊。

这间杂货店好像早就关门大吉了，不过从我初次造访时就布满了红色铁锈又经常故障的自动贩卖机，则依然矗立在门口。另一边那个造型与公厕非常相像的电话亭虽然从以前就在了，但似乎仍在辛苦地服役。

我与宫城走进杂草丛生的公园，坐在沐浴在阳光底下的板凳上，拿出早上做的饭团吃了起来。这座公园虽然人烟稀少，却有一群黑猫与虎斑猫在此栖居。猫儿们远远地窥探着我们的动静，过了一会，或许是知道我们没有恶意，便慢慢地靠近我们。可惜手边刚好没有猫儿们喜欢的食物。

“话说回来，猫儿们看得见宫城吗？”

听我这么一问，宫城站了起来，向猫儿们走了过去。

黑猫立刻向后逃窜，虎斑猫则保持警戒距离向后退了几步。

“如你所见，狗与猫可以看见我。”宫城回头望了望我，“但不代表我会受动物们欢迎呢。”

用餐完毕后，宫城在我抽着饭后烟的时候，用铅笔在笔记本画下眼前景色的速写。她的视线应该是落在猫儿们身上吧。不知何时，猫儿们爬上了滑梯，而宫城似乎对这样的画面十分着迷。

没想到她会有这样的兴致。或许宫城之前看似写着观察记录，其实只是沉浸在自己喜欢的事物里吧。

“你居然会有这种兴趣啊。”我说。

“嗯，很意外吗？”

“有点。不过你画得不太好看就是了。”

“所以我才在练习啊，很厉害吧？”宫城居然有种莫名的自信。

“你之前画的东西能不能让我看看呢？”

“嗯……我们是不是该往下个目的地出发了？”

宫城故意转开话题，顺手将笔记本收进包包里。

在故乡探寻了半天，准备往下一条街出发时，我们又经过了刚刚那间杂货店。

从远处看，似乎有人坐在店门前那张印有“雪印牛乳”标志的板凳上。

那是一位我十分熟悉的人物。

我将本田小狼熄火停在路旁，就往坐在板凳上的老婆婆走去，与她打了声招呼。

“您好。”

老婆婆应该听到了我的声音，但她的反应十分迟缓，只有眼睛往我的方向转过来。这位老婆婆的年纪应该超过九十岁了吧，不管是脸庞还是在膝上交握的双手，都早已布满岁月的痕迹，凋零下垂的白发让仿如失望少女般的表情蒙上了一层悲伤。

我蹲在板凳前方，再次说了声“您好”。

“您应该不记得我是谁了吧？”

老婆婆的沉默应该是种肯定。

“这也难怪，我最后一次来这里已经是十年前的事情了。”

老婆婆依旧毫无反应，视线仿佛被钉在数米远的地面上。

我继续自说自话：

“但是托年轻记忆好的福，我对您可是印象深刻呢。虽然我现在才二十岁，但有很多事都已经忘光了。不管曾经多么幸福或辛苦，只要没遇上回想的契机，不消多久，我便会全部忘记。只要没注意这件事，恐怕连忘记本身都‘忘记’了。如果每个人都可以精准无误地记得最美好的事情，恐怕会愁眉苦脸地空虚度日。就算每个人都可以精准无误地记住最糟的回忆，最终也只能愁眉苦脸地空虚度日。有些事若不先行记下，可能会将自己逼入绝境，所以每个人都只是在拼命记住事情而已。”

老婆婆没表示任何反对或同意的意见，只是纹丝不动地坐在板凳上。

“在纷乱而不确定的记忆之中，您之所以未曾褪色，是因为我曾经受过您的照顾，这可是非常少见的事情呢。因为十年前的我鲜少感谢他人，即便大人亲切地对待我，我也只会觉得他们是因为自身的立场而不得不善待我而已，并非出自纯粹的善意……嗯，我还真是个不可爱的小孩啊。正因为我是这样的小孩，才会想离家出走吧。不记得是八岁还是九岁的时候，我曾经在晚上与母亲大吵一架，最后甚至气得夺门而出。吵架的原因我也记不清了，但想必是很无聊的芝麻小事吧。”

说着说着，我在老婆婆的旁边坐下来，靠着椅背，仰望着矗立于远方的铁塔与晴空里的积雨云。

“我不顾后果离家出走后就躲进这间杂货店打发时间。当时已经不是小孩子在外面游荡的时段了，所以您亲切地问我为什么不回家。刚刚与母亲大吵一架的我，哭着回答了您的问题，而您在听完后，打开柜台后方的门，对我招了招手，等到进门后，又端出茶点请我吃。几个小时之后，我的母亲打电话来问我否在您这里。您却回答，在是在，不过请再给我一个小时的时间吧。您说完就把电话挂掉了……对您来说，这或许只是件小事，但是我之所以开始对人有所期待，完全是因为有过这次的经验——至少我是这么认为的。”

“还愿意再继续听我说这些废话吗？”我问了问老婆婆。

老婆婆紧闭双眼，仿佛处在弥留之际。

“您若不记得我，想必也把姬野的事情忘得一干二净了吧。她也常跟我一起来这间店。姬野人如其名，就像是从童话故事走出来的公主一样。真要形容的话，她那出众的美貌与这座小镇格格不入。我与姬野都被小学的同学们排挤，我被讨厌的理由很简单，因为我是个行为举止惹人讨厌的家伙，但姬野之所以被讨厌，全在于她那不同于常人的气质……虽然这么说对她有些抱歉，但我还真是不得不感谢这种情况，因为我们被小团体撵走后，就只能相依为伴了。光是姬野陪在身边这件事，就足以让我平心静气地面对同学们的欺负，因为我和姬野有着相同的‘待遇’。”

每提到姬野这个名字一次，老婆婆似乎就会有所反应。

这也让我能够继续开心地说下去。

“小学四年级的夏天，姬野因父亲调职而被迫转学，但也因为这件事，让我把印象中的她神化了。‘二十岁之前若彼此还没找到对象，就在一起吧’这句话，一直支撑着我这十年来的生活。不过前几天我才知道，姬野对我没有丝毫的好感，而且经历了某段时期之后，反而产生了恨不得杀死我的怨恨，甚至打算在我面前自杀。我一直在思考，我之前到底犯了什么错，才让她如此恨我……结果，突然在某一天，我想起了一件事。与姬野见面之前，我将藏着小学全班同学写的信的时光胶囊挖了出来，其实这么做是不道德的，但我是个将死之人，这么点小事应该还是能被原谅的。”

那么——

容我公布正确答案吧。

“当然，还是有关时光胶囊的话题，但奇妙的是，里头没有姬野的信。我之前虽然径自解释为姬野那天刚好没来上课，但仔细一想，这是不可能的事情。因为那封信是那位老师花费心力要全班学生好好准备的，就那位老师的个性，她绝不会因为某个人刚好缺席就少放一封信。所以前思后想，只能想到有人比我早一步将时光胶囊挖出来，然后将姬野的信拿走。而会这么做的，除了姬野别无他人。”

这番推论并非事后诸葛。

不过此时，所有的线索都在我脑海里串联起来了。

“十七岁那年，姬野给我寄了一封信，信里的内容其实并不重要，只要收件人是我的名字，而寄件人是姬野就够了。姬野本就是个绝不会写信或打电话给别人的人，无论对方与她的关系有多密切。那时她甚至仔细地写上了寄信人的地址，在收到那封信的时候，我应该发现事有蹊跷才对。”

没错。

要是能早一步发现不对劲就好了。

“那封信，正是姬野的求救信号。那时，她的确向我求救了。那时的她与我陷入同样的绝境，于是循着同样的路径，开始缅怀过去，也到小学把时光胶囊挖了出来，回忆着与唯一一位青梅竹马的点点滴滴，并将自己的信件抽走。当我未能实时察觉她的心意时，就已经失去童年玩伴的资格了。而报应就是，我彻底失去了姬野。她成了无心的稻草人，得知一切的我也成了行尸走肉，她准备自杀，我也命不久矣……在此结束故事虽然不甚理想，但这晦暗不明的情节总算可以结束了。让婆婆听我废话连篇，真是万分抱歉啊。”

正当我准备转身离去，老婆婆以微弱到转瞬消失的声音说了声“再见”。

这句离别是她给我的唯一一句话。

“感谢您，再见。”我道谢之后，随即转身离开杂货店。

被过去的恩人遗忘这一点，其实并没有在我心里留下多深刻的伤痕。

看来我已经习惯被自己的回忆背叛了。

可是，我此时完全忽略了某个可能性。

那位在各种失望纷至沓来时，总是陪在我身旁，悄悄在背后支持我的女孩。

那位与我抱有同样的绝望，却选择了出售时间而非寿命，因此看不见未来的女孩。

那位虽然不苟言笑，却拥有同情弱者的情怀，极度温柔的女孩。

我完全忽略了宫城背叛我的可能性。

“楠木先生，楠木先生。”

只有坐在摩托车后座才能毫不犹豫地抱着我的宫城，在摩托车行进期间拍了拍我的侧腹。我稍微减速，问了句“怎么了”之后，似乎是为了让我转换心情，她才说：“我告诉你一件好事吧。”

“我想起来了，我很久以前来过这条路，是比在担任监视员更早的时候。只要沿着这条路一直走，到了某个地方右转再继续直走，就能到达那片星之湖哦。”

“星之湖？”

“就是我之前提过死前还想再去一次的那片湖啊，只是我不知道正确名称。”

“啊啊，你的确提过这件事呢。”

“这是不是一件好事啊？”

“真的，听到一件好事。”我坦率地回应道，“那绝对得一看。”

“摩托车的油还够吗？”

“途中再去加油吧。”

我们到了最近的自助式加油站把油加满之后，就照着宫城的指示往目的地前进。时间已超过晚上八点。骑在蜿蜒的山路里，每到一处景点我就让引擎稍微休息一下，持续骑了一个半小时左右，总算抵达了她所说的星之湖。

我们在附近的超市买了泡面，坐在店外的板凳吃完后，把本田小狼停放在不远处的停车场，就走上了灯光微暗的山路。宫城对四周的建筑物似曾相识，一边左顾右盼一边提醒我：“现在还不能抬头看哦。”其实余光里的星空已美丽无比，但我还是听从宫城的指示，低着头继续往前走。

“那么，从现在开始，请仔细地听我说话，”宫城如此说，“接下来由我带路，在我说可以睁开眼之前，千万别睁开眼睛哦。”

“你是说，要我忍到最后吗？”

“嗯，因为是难得一见的星空，楠木先生也希望能在最完美的条件下欣赏吧？……快点，把眼睛闭起来吧。”

第十一章
自动贩卖机巡回之旅的提议

我听从指示闭上眼睛后，宫城便牵起了我的手，并慢慢地引导我。闭眼前行，反而能听见之前未能听过的声音。原以为只有一种夏虫的声音，这时才听清楚有四种虫鸣声，有的不断低鸣，有的高亢响亮，有些如鸟鸣般悦耳分明，有些则如蛙鸣声般声声入耳。此时就连微风抚来的轻声细语与远处传来的波浪声，还有我们的脚步声也变得清晰可辨。

“咦，楠木先生，要是我骗你走到很可怕的地方，你会怎么办？”

“所谓很可怕的地方是？”

“这个嘛……例如断崖或是桥上这类可能从高处坠落的地方。”

“我没想过你会这么做，也不想去想这件事。”

“为什么？”

“因为宫城没有理由这么做。”

“这样啊。”宫城有点失望地说。

脚底的触感从柏油路变成了沙子，没多久又像踩在了木头上，看来我们正走在栈桥上。

“就这样闭着眼，站在这里别动，”宫城说完，随后放开了我的手，“请小心脚边，仰躺下来，现在可以把眼睛睁开了哦。”

我往地面坐下来，谨慎地让后背躺在地面上，深呼吸之后，才缓缓地睁开双眼。

映入眼帘的，是我从未见过的美丽星空。

或许该这么说，从今天开始，我才明白什么才叫星空。

如此美丽的星空，我只在书本或电视里看过。我知道夏季大三角，也知道会有一道银河从三角形中央横穿而过，而其中一边会散布着粉末般的星尘。

不过就算能透过数据得知正确的颜色与形状，唯独“大小”是我无法想象的。

眼前的星空远比我的想象来得壮观许多。

耀眼的星空宛如从天而降的白雪。

我对站在一旁的宫城说：“我多少能够体会你想在死前再来这里一次的心情了。”

“现在能够体会了吧？”宫城显得十分得意。

之后我们就一直躺在栈桥上仰望着夜空，期间还看到三次流星飞过，我思考着见到下一颗流星时该许什么愿望。如今我已不想取回寿命了，也不想与姬野再见一面，更不想让时间倒流，我已没有全部重来一次的活力了。

像这样安稳地躺着，犹如沉睡般死去，应该就是我的愿望吧。若还奢求更多，那我就太不知足了。

至于宫城的愿望，想也不用想，就是辞去监视员这份工作，换言之，就是摆脱透明人这个身份吧。工作期间被所有人忽视，而唯一能注意到自己的监视对象必定在一年之内死去，即便像宫城这种善于忍耐的人，恐怕也无法继续过三十年这样的生活吧。

“宫城……”我有些事想向她确认，“你是不是为了我说谎了？

你骗我说，姬野根本不记得我的事情。”

宫城躺着将脸转向我之后，没正面回答我，只是告诉我：

“我也有过青梅竹马哦。”

我试着搜寻记忆说道：“嗯，我记得你说过，就是那位‘曾经珍惜的人’吗？”

“是的，你记得真清楚。”

我静静地等了一会，宫城才开始娓娓道来。

“其实我也有一位儿时玩伴，就如同你心目中的姬野小姐一样。我们也曾一起拒绝融入世界，并肩活在互相依靠的二人世界里……成为监视员之后，第一次休假我就去见了他一面。当时我以为，如果失去了我的陪伴，他应该会陷入无尽的悲伤之中吧。我深信他会将自己封在自我的壳里，期盼着我早日回到他的身边……只是，几周不见的他似乎非常适应没有我的世界。不，不只是适应，我消失不到一个月的时间里，他已完全被这个世界同化，彻底融入那些曾经将我们当成异类的人群里。”

宫城再次凝望着夜空，却多了几分讽刺的意思。

“当时我就发现了，对他而言，我不过是一副阻碍他前行的脚镣而已……说实话，我曾希望他遭遇不幸，希望他陷入悲伤，希望他绝望地封闭自己，希望他等待无法回到身边的我，然后就此身心煎熬地活下去。我一点也不想见到他如此坚强地活着……之后，我再也没有去见过他，因为不管他过得幸福还是不幸，都只会令我徒增伤心。”

“即便如此，你死前还是想再见他一面？”

“嗯，因为我对其他事一无所知。所以直到最后还让我念念不忘的，恐怕也只剩这一点了。”宫城坐了起来，原地抱膝而坐，“所以我很能体会你的心情。不过你应该不希望被人了解吧。”

“没这回事，”我立刻抢着回答，“谢谢你愿意懂我。”

“不客气。”宫城露出浅浅的微笑。

将位于湖附近的自动贩卖机拍入相机之后，我们就一起踏上回公寓的归途。

宫城说了声“因为今天也非常疲惫”，然后就钻进了我的被窝。

谁知正当我打算偷看宫城一眼时，她也正准备做相同的事，四目相交的我们紧张地错开眼神，立刻以背对背的姿势就寝。

但愿这样的日子能持续下去——观赏星空时，我应该向流星许下了这样的愿望。

但隔天醒来，宫城却已消失得无影无踪。

只剩笔记本还留在枕边。

第十二章 谎言与渺小的愿望

记得宫城最初以监视员的身份造访这间公寓时，我非常在意她的视线。我曾觉得，要是监视员是位又丑又邋遢的中年大叔，而不是美丽的年轻女子的话，或许我可以再放松一点，更率直地思考想做的事情吧。

如今，我眼前这位取代宫城的监视员，与先前的想象简直如出一辙。就外表而言，这位监视员身材短小，头发秃得难看，明明一脸酡红却又有着青色的须根，外加看似油腻的皮肤，而且常常不住地眨眼，呼吸声又十分粗重，声音也好似喉咙里卡着老痰般沙哑。

我的第一个问题就是："之前那位女生呢？"

"休假去了，"男人爱理不理地说，"今明两天由我代理。"

我放心地抚了抚胸口，真庆幸监视员没有轮值的制度，只要等两天，宫城就会回来了。

"原来监视员也有休假啊。"

"当然需要休假，我们又不像你，今后还得继续活下去咧。"这个男人的说话方式真令人讨厌。

"原来如此，这样我就安心了。后天休假结束后，一切就会恢复原状吧？"

“目前是这样。”男人回答。

我揉了揉惺忪的睡眼，重新观察那位坐在房间角落的男人之后，发现他正拿着我的相簿翻看着。就是那本放着拍摄自动贩卖机相片的相簿。

“你到底在拍什么啊？”这位男人不解地问着。

“你连自动贩卖机也不知道吗？”我故意装傻地回答他。

那男人“啧”了一声继续说：“你应该知道我问的是为什么要拍这些照片吧？”

“喜欢天空的家伙就拍天空，爱花的人就拍花，对电车着迷的人就拍电车。我跟他们没有两样，因为喜欢自动贩卖机所以拍了这些照片。”

男人不感兴趣地继续翻了几页之后，说了句“全是垃圾”，就把相簿丢还给我，接着瞧了瞧散落一地的纸鹤后，故意叹了口气。

“你就是这样浪费余生吗？真是个无聊的家伙，难道没有更正经的生活方式吗？”

其实他的态度并不让我太讨厌，仔细想来，想什么就说出口的率直反而让我放松，总比一直从房间角落用盯着物品的眼神监视着我要来得轻松。

“说不定有，不过要是过得太快乐，身体可能就撑不下去了。”

说完我自己都笑了出来。

这位男人之后也会用同样的调调挑剔每件事情吧。我觉得这次的监视员应该很喜欢刺激监视对象。

之所以会明白这点，是我吃完午餐侧躺在电风扇前面，听着音乐之际发生的事情。

“喂，那边那个家伙。”男人喊了几句，我假装没听见，所以他清了清喉咙大喊，“你这家伙，有没有做出让那个女孩感到困扰的事情？”

“那个女孩？”虽然能想到的人只有一个，但是我没想到眼前这个男人居然会如此称呼宫城，所以响应也慢了几拍。

“那个女孩是指宫城吗？”

“不然还有别人吗？”

这位中年男人皱起眉头，似乎不太喜欢听到我把宫城的名字挂在嘴边。

见到他这副表情，我突然对他涌现莫名的善意。

什么啊，原来你也是同伴啊。

“你该不会跟宫城很熟吧？”我问了问对方。

“……不，并非如此，因为我们看不见彼此，”这位男人的口吻突然变得很温和，“只有两三次通过文字对谈的经历而已。不过，我是负责收购那个女孩时间的人，所以有关她的记录我全部都浏览了一遍。”

“看完之后，你有什么感想吗？”

“真可怜啊！”男人断然地说，“真的，真的是个可怜的女孩啊。”

看来这是他的真心话。

“我的寿命也和那个女孩同值哦。我也算是个可怜人吗？”

“混蛋，你这种家伙赶快早死早超生吧。”

“你的价值观很正确。”我也赞同那个人的论调。

“可惜那个女孩偏偏卖了最不该卖的东西，可能因为她当年才十岁，还无法做出正确的判断吧。可怜啊，那个女孩今后得一直面对像你这种自暴自弃的家伙……话说回来，你没有做出让那个女孩感到困扰的事情吧？根据你的答案，可能会改变你度过余生的难易度哦！”

我真的越来越喜欢这位中年男人了。

“我想，我应该让她很困扰吧，”我坦白地回答，“我曾经打算伤害她，差一点就得手了……而且还强行把她压在地上。”

听闻此事之后，那个男人突然脸色大变。正当他准备走过来揪住我的时候，我将宫城留下来的笔记本挡在他的面前。

“这是什么？”男人接下了笔记本。

“详细的情形应该都写在里面了。这是宫城留下来的，里面应该是我的观察记录。这是监视对象不该翻阅的东西吧？”

“观察记录？”他舔了舔大拇指，翻开笔记本。

“我是不太了解你们的工作啦，看起来好像没什么严谨的规定，但要是因为遗失物品造成重大事故，导致宫城得负起责任受罚，我可不乐意。我觉得你应该是宫城的同伴，所以才把笔记本交给你。”

男人打开笔记本，开始随意地翻阅，大约两分钟就翻到了最后一页，之后只说了句“原来如此”。

我也不知道笔记本里头写了些什么，但之后这位男人就很少找茬了。想必宫城写了不少有关我的好话吧。能够间接得到这么棒的证据，着实令人开心。

不过，假如我这时没动另买一本笔记本的念头，之后这份记录就不会诞生了吧。

在我把宫城的笔记本交给那个男人之后，我突然也想拥有属于自己的笔记本。去文具店买了一本B5开本的燕子牌笔记本与廉价的钢笔后，我就开始思考该写些什么。

在代理监视员执行任务的这两天里，我得做一些宫城在的时候不方便做的事情。一开始是想做一些自甘堕落的事情，但要是真的做了，再见到宫城时，就算嘴里不说，还是会心存芥蒂的，所以我决定做一些积极向上却不想让宫城看见的事情。

我将登上旧楼，并在四楼的店铺卖掉寿命的那天起，一直到今天发生的事情，全都写在笔记本里。第一页写的是小学时上的那节思想品德课。即使不用杀死太多脑细胞，我也知道下一笔该写些什么，例如第一次思考生命的价值，以为自己会成为伟人，与姬野的约定，以及在旧书店与CD专卖店得知有一间收购寿命的店铺，然后在那间店与宫城相遇。

第十二章
谎言与渺小的愿望

文字如涌泉喷出，一发不可收拾。我将空罐子当成烟灰缸，一边抽着烟，一边奋笔疾书，钢笔与纸面摩擦的声音十分悦耳。房间的闷热使我闷出了一身汗，汗水滴落纸面，又渗进了字里。

“你在写什么？”那名代理监视员发出疑问。

“我在记录这一个月里发生的事情。”

“写这些做什么？打算给别人看吗？”

“谁知道呢，那些事都无所谓啦，我只是借着书写整理思绪而已。将脑袋里的东西挪到更方便收纳的位置，就像电脑碎片整理一样啊。”

直到夜里，我握着笔的手也一刻不停。虽然辞藻并不华丽，但能行云流水地写出这么多东西，倒是让我挺惊讶的。

过了晚上十点之后，文思戛然而止，我有一种今天已无力再写的感觉。将钢笔放回桌上后，我走到公寓外头换口新鲜的空气。那个男人也百般不情愿地站起来，跟在我后头走着。

漫步在夜晚的街道里，突然听见某处传来了太鼓的声响，应该是为了下次的庆典做练习吧。

“既然成了监视员，想必你也卖了自己的时间吧？”我回过头问身后的男人。

“你这么问，是打算同情我吗？”男人嗤之以鼻地笑了一声。

“是啊，我是这么打算的。”

那男人意外地看着我说：“……真要如此，那我还真得感谢你。

不过啊，我既没卖掉寿命，也没有卖掉时间与健康，单纯是因为个人喜好才做了这份工作。”

“真是没品的兴趣啊，有什么乐趣可言吗？”

“跟乐趣无关，这份工作就像在给别人扫墓。总有一天我也会死，为了顺其自然地接受死亡，我才要趁现在多接触死亡。”

“还真是老派的想法啊。”

“是啊，因为我就是老人啊。”那男人说。

回到公寓洗完澡之后，喝了啤酒，刷完牙，铺好棉被准备就寝时，隔壁的房间热闹如故，可以听得出他们开着窗户，有三四个人正在聊天，感觉不论白天或晚上，隔壁总是有人上门造访，与我这间只有监视员会来的房间大不相同。

我戴上耳机充当耳塞，关上灯，闭起眼睛休息。

不知道是不是太久没有用脑，我居然持续睡了十一个小时。

隔天，我也花了整天的时间埋首于笔记本中。收音机传来的净是有关甲子园赛事的报道，直到傍晚左右，记录的进度才赶上今天。

放下钢笔时，我的指尖微微地颤抖着，手腕与手臂的肌肉也发出哀鸣，脖子僵硬得无法自由转动，头部更是隐隐作痛。即便全身酸痛，完成某事的成就感让我感觉良好，而且重新解读记忆，将记忆转化为具体的文字后，也让美好的记忆变得更值得回味，痛苦的记忆也被美化不少。

写完记录后，我立刻仰天躺下，凝望着天花板。天花板黏着一大块不可名状的黑色污渍，好几根钉弯的钉子露在外面，角落甚至还结着一张蜘蛛网。

我在家附近的棒球场站着欣赏完初中生的比赛之后，逛了逛在市场举办的跳蚤市场，还在小餐馆里吃了剩菜似的晚餐。

明天，宫城应该就会回来了吧。我暗自盘算着。

于是我将摊在桌上的笔记本收回书柜，决定早点睡觉。当我打算铺床时，担任监视员的那位男人突然问：

“我通常都会问监视对象这个问题，你把卖掉寿命换来的钱用在什么地方了？”

“宫城的观察记录没写吗？”

“……我没读得那么仔细啦。”

“我边走边将钱一张一张发给路人啦，”我说，“除了一小部分用作生活费之外，原本绝大部分是打算送给某个人的，不过那个人不告而别了。没办法，我只好全部送给陌生人了。”

“一张一张地发？”

“是啊，边走边将一万日元的纸钞一张一张发给别人。”

听闻这件事之后，那男人不置可否地笑了出来。

“很可笑吧？”我反问道。

“不，我笑的不是这件事。”那男人一边笑一边回答我。他笑得非常诡异，但感觉上不是因为这件事很可笑才笑成这样的。

“……原来是这样啊。所以说，你这家伙将好不容易用命换来的金钱，大部分都毫不客气地送给了陌生人啊。”

“就是这么一回事。”我点了点头。

“你还真是个无可救药的混蛋啊！”

“我也这么认为，明明还有很多有效的用法，只要有三十万，应该能完成很多事情。”

“你会错意了，我嘲笑你的不是指这件事呀。”

这男人的话里似乎别有用意。

然后，他总算揭开了谜底。

“喂，你这家伙，在听到自己的寿命值三十万的时候，真的深信不疑吗？”

这是个动摇内心深处的问题。

“什么意思？”我立刻回问。

“就是我问的意思啊，你听到三十万这个价码后，真的回答‘是，我知道了’，然后就欣然接受吗？”

“这个嘛……我一开始是觉得太过便宜了。”

那男人狂拍着地板大笑。

“我懂了我懂了，那我也不能再多说什么了。”他捧腹大笑地说出这个结论。

“……反正，明天见到那个女孩，你再亲自问她‘我的寿命真的只值三十万吗’不就好了？”

虽想继续追问下去，但我知道，他已无意吐露任何事实。

这夜，我盯着漆黑的天花板，迟迟无法入睡。

我一直思考着他话里的含义。

“早安，楠木先生。”

被窗外射入的晨光唤醒的我，听见了宫城的声音。

坐在房间角落的女孩在露出亲昵笑容的同时，背后也藏着一个谎言。

“今天打算怎么度过呢？”

差点脱口而出的话，被我硬生生吞回肚子里。

我决定，假装什么都没听过。

我不想因为追究事实而造成宫城的困扰。

“就像平常那样过吧。”我说。

“依旧是自动贩卖机巡回之旅，对吧？”宫城看起来十分兴奋。

我们在晴空之下，尽情地穿梭在田边小路与曲折的乡间小巷之间。我们在公路旁的休息站里吃着盐烤鲑鱼与冰淇淋，以及将不见人影却停满了脚踏车的铁卷门街景收进相机后，天色已悄悄地染上夜色。

在小型水坝旁将本田小狼停好后，我们沿着阶梯而下，顺着散步路线前进。

“我们准备去哪里呢？”

我头也没回地说:“要是我骗你走到很可怕的地方，你会怎么办呢？”

“意思是，我们正前往能见到美景的地方，对吧？”宫城一副完全了解的样子说道。

“你真会曲解我的意思。”我虽这么说，但事实正如宫城所说。

走过跨越在林间小溪上方的小桥时，她似乎明白了我的目的。

宫城对眼前的景色入迷地说:

“我知道这种感想或许牛头不对马嘴，但是，原来萤火虫真的会发光啊！”

“当然啊，不然怎么叫做萤火虫。”虽然有点好笑，但我了解她的意思。当时我在星之湖感受到的一切，宫城现在也感受到了吧。虽然明白如此美好的事物真实存在，但是当这一切美得超乎想象，一旦亲眼见到，反而会觉得一切宛如未知之物。

我们一起在飘浮着无数绿色荧光的小径上漫步，一旦定睛凝视那些荧光，眼睛的焦点就变得模糊，令人差点头晕目眩。

宫城告诉我:“说不定，这是我第一次见到萤火虫呢。”

“最近已经鲜少见到萤火虫的踪影了，不在适当的季节前往特定的地点，根本就看不见它们。能在这里欣赏它们的时间也只剩几天了。”

“楠木先生常来这里吗？”

“倒也不是，只在去年的这个时候来过一次，昨天突然想起来而已。”

萤火虫发光的高峰退去后，我们循着原路折返。

“……我可以把今天的事当成星之湖的回礼吗？”宫城问道。

“我只是想欣赏这些美景才来这里的哦。你要怎么想，那是你的自由。”

“知道了，请容我擅自解释吧，天马行空地。”

“你不必每件事都向我报告。”

回到公寓，完成每天必做的照片整理，接着做好就寝的准备，同样也对宫城说了声“晚安”之后，正当我准备关灯时，我叫了她的名字。

“宫城。”

“怎么了吗？”

“你为什么要对我说谎？”

宫城望着我的脸，眼睛眨了好几下。

“你在说什么，我完全听不懂。”

“既然这样，就让我说得更清楚一点吧……我的寿命真的值三十万吗？”

这夜月光皎洁，清楚地映出宫城的眼神为之一变。

“当然啊！”宫城答道，“虽然有点遗憾，但你的价值就是如此，我还以为你早就接受这件事了呢。”

“直到昨天晚上之前，我也是这么认为的。”

宫城似乎发现我的心中早有答案了。

“代理监视员对你说了些什么吗？”她不禁连叹好几口气。

“他只是叫我再确认一次，其余具体的事我仍是一概不知。”

“即便再怎么确认，三十万还是三十万哦。”

看来宫城打算装傻到底。

“……当我被告知宫城隐瞒了事实时，一开始还单纯地以为，我该得到的钱被宫城骗走了。”

宫城自下而上地凝视着我。

“可能原本是三千万甚至是三十亿，而你却告知我虚假的金额，偷偷地将其余的钱全部领走。一开始真的有这种想法……不过我怎么也不敢相信，也不愿意相信，你会从相遇之初就一直撒谎到现在。那甜美的笑容背后，居然藏着弥天大谎。我还在想，该不会是我误会了吧，就这样想了一晚之后，我恍然大悟……原来，我一开始的设想就走偏了方向。”

没错，就是十年前那位女老师说过的话。

“希望大家暂且将这个想法抛到脑后。”

“为什么我会相信一年一万日元就是最低的收购价呢？为什么我会理所当然地觉得，人的一生就该值数千万或数亿呢？这的确是多余的成见，或许是因为我内心的某个角落，还存在着生命无价这种愚昧的想法吧。总之，我太过于将自以为是的常识套用在所有事物上，我应该从零开始，更灵活地思考这个问题才对。”

我换了口气后，继续接着说下去。

“喂，你为什么要把三十万送给当时还是陌生人的我呢？”

宫城一脸“完全不知道你在胡说什么”的表情，移开了视线。

我向相对于宫城对角线的角落走去，模仿她抱膝坐下。

宫城见到此景不禁露出一丝微笑。

“你要是想继续装傻我也没办法，但还是让我说声非常感谢吧。”

宫城摇了摇头。

“没什么，反正这份工作，最后只会让我陷入与母亲一样的绝境，在还完负债之前就先死去。即便最后真的能恢复自由之身，也不能保证余生就能过得快乐，既然如此，像这样子花钱反而还比较高兴。”

“那么我的寿命到底值多少钱呢？”我忍不住问道。

时间仿佛停顿了一会。

“……三十日元。”宫城刻意压低着声音回答。

“只值三分钟的话费吗？”我噗嗤一声笑了出来，“真是不好意思啊，把宫城好心给我的三十万随便送掉了。”

“你还敢说，我原本希望你尽量用在自己身上的。”

宫城似乎很生气，但声调依旧优雅。

“不过呢，我也很明白楠木先生的心情哦。归根结底，我给你三十万的理由大概与你将三十万送给路人的理由相同吧。寂寞、悲伤、空虚、自我放弃的情绪逼得自己去做一些不顾他人意愿的利他行为……不过话说回来，如果我不骗你，老实地把你的寿命只值三十日元的事实告诉你，或许你就不会出售寿命了呢，说不定这样一来，你反而能活得更久一点。真对不起，我太多管闲事了。”

宫城缩着身体，将下巴收在双膝之间，两眼盯着指甲继续说。

“或许我的内心也希望能对人有所付出，哪怕只有一次也好，为有相同悲惨遭遇的某个人做一些从未有人愿意对我做的事，或许可以让自己得到救赎，但不管怎么解释，这一切都只是出自我这种扭曲的好意而已。真的非常抱歉。”

“没有这回事，”我强烈地否定，“要是你一开始就告诉我‘你只值三十日元’，我一定会变得更加自暴自弃，别说卖剩三个月了，我甚至连最后三天也会一并卖出。如果你没有为我撒谎，我就没机会踏上自动贩卖机巡回之旅，也不能折纸鹤，更不能去观星或是赏萤火虫了。”

“你本来就没有非得放弃自己的理由哦。三十日元不过是某处的高层们自以为是的定价。”宫城似乎对此颇有怨言，“至少对我而言，现在的楠木先生绝对有三千万甚至是三十亿的价值啊。”

“这种拐着弯的安慰就免了吧。”我苦笑了几声。

“是真的！”

“你越是想温柔地安慰我，反而显得我更是悲惨哦。我知道你很善良，所以别再说下去了。”

“你真是啰嗦，闭上嘴静静让我安慰不行吗？”

“我还是第一次被你这样念。”

“话说回来，这也算不上什么安慰或温柔，我只是把想说的话全部抖出来而已，至于你要怎么想，那是你的事情。”

宫城微微低下头以掩饰脸上的羞涩。

接着她又继续说：“的确，一开始我真的以为你是个只值三十日元的人，所以给你三十万这件事，充其量只是一种自我满足而已，对象不一定非得是楠木先生不可……不过，我渐渐对你有所改观，车站那件事情之后，你不是愿意认真地听我说话吗？甚至还同情不得不卖掉时间的我。从那天开始，在我眼中楠木先生就不再只是个监视对象了。虽然这么做后果很严重，但是之后，我面临了更严重的问题……对你来说或许只是一件小事，但是你愿意跟我聊天，我真的很开心，尤其是不顾旁人眼光，若无其事地与我对话这件事，更是让我由衷地快乐起来。因为在此之前，我都是个透明人，被人视而不见就是我的工作，在寻常的店里吃饭聊天，一同上街购物或是手牵着手沿着河畔散步，对我来说，这些琐碎的小事都非常梦幻。在任何地点，任何状况之下，随时都把我当成一个‘人’的人，楠木先生，你是第一个哦。”

这种情况下，该回应什么才好？

我从没想过会有被感谢的一天。

“……不介意的话，这点小事到死之前我都愿意为你做啦！”

我虽含糊地带过，但宫城还是躬身点头道谢。

“就是这样呢，所以我才喜欢楠木先生哦。”

“喜欢一个生命快走到尽头的人可是没什么未来的。”

听到这句话，她流露出落寞的笑容。

一时之间，声音如鲠在喉，不能言语。

我就像处理速度突然变慢的电脑，既无法眨眼，也发不出任何声音。

“楠木先生，除了你知道的事之外，我还对你撒了很多谎哦！”宫城以轻柔圆润的声音说，“不只是寿命的价值和姬野小姐的事情，就连你如果造成别人的困扰，就会当场了结你的寿命这件事也是骗你的，还有离我一百米就会死的事也是假的，这些都是为了一己之便才捏造的谎话。”

“……原来是这样啊。”

“如果你很生气的话，不管你对我做什么都没关系哦。”

“什么都可以？”我反问。

“嗯，不管多么过分的事都可以。”

“那，我就不客气咯。”

话完，我拉起宫城的手。等她站起来之后，把她紧紧地拥入怀中。

我不知道有多久不曾紧紧抱着别人了。

我想记住宫城的一切，她那柔软的发丝，可爱的耳朵，纤细的脖子，柔弱的肩膀与后背，胸前小巧的起伏，优美的腰部曲线。我想用尽五感，让一切的感受渗入记忆深处，烙印于心中。

好让自己无论遭遇什么事，都能随时回想起这一切，再也不会遗忘。

“你很过分。”宫城哽咽地继续说,“你这么做，要我怎么把你忘掉呢？”

“啊，我死了之后，你就好好地替我悲伤一场吧。”我说。

“……不介意的话，这点小事到死之前我都愿意为你做呢。”

语毕，宫城自己也破涕为笑。

此时，我这短暂而无意义的余生总算找到了新的目标。

宫城的这番话，为我的人生带来美妙的改变。

在剩下不到两个月的人生里，我要尽力帮她偿还债款。

我暗自许下这个心愿。

没错，一生的价值比不上一罐果汁的我……

所谓的不知好歹就是这么一回事吧。

第十三章　确定的事

故事慢慢进入尾声，我能分给这个生涯记录的时间也越来越少，不知道是否有机会写到结局。

不得不降低记录的频率也令人遗憾。

虽然我决定用余生替宫城清偿欠款，但我那自以为是的无知，果然不是三两天即可治愈的小病。不过就后续发展而言，我这份不自量力也就没什么好责备的，因为这本来就是一个遥不可及的愿望。宫城背负的债款比儿时姬野所说的上班族一生工资总值还要高出许多，平凡的大学生要在两个月之内赚到这笔钱，简直是天方夜谭。

虽然明知如此，却还是得想想办法，而那种以工作一步一脚印的还债方式，绝对不适用于现在这种情况。不论我多么努力工作，两个月能赚到的薪水也只是杯水车薪，顶多还得起宫城给我的三十万而已。但我知道她绝不乐见我将人生最后的时光浪费在工作上，也不愿意我与窃盗、抢劫、诈骗、绑架这类犯罪沾上边。正因为是为了她工作，所以绝不能用她嫌恶的方式赚钱。

我也想过赌博这条路，但即便是我也知道，要是真的这么做，那就真的蠢到无可救药了。我很清楚，在这种走投无路的情况下，赌博绝对没有赢面，不论何时，赌博都是资本雄厚的人才有机会赢。

第十三章
确定的事

幸运女神是可遇不可求的，只能耐心等待她的眷顾，并算准时机抓住不放。不过我既无空等的时间，也没有察知时机到来的嗅觉。

这个心愿宛如水中捞月。如果真有两个月就能赚到一辈子所得的方法，早就有人抢着执行了。我所做的，不过就是把每个人都证实过的“不可能”再重新证明一次而已。要说我手边唯一的武器，那就是生命所剩无几的我已无须担心风险，不过我应该不是第一个愿意赌上生命换取巨富的人吧，不难想象，大部分的人应该都壮志未酬吧。

明知艰难，我却不愿放弃。我知道这是有勇无谋，但是至今都没有人能成功，我只能当那第一人了。快想，快想，继续想，怎么做才能在剩下的两个月内替宫城还清债务？怎么做才能让宫城每天安心入眠？怎么做才能在我离开之后，不让宫城变成孤零零一人？

在街道上散步时，我不断思考着这个问题。二十年的经验告诉我，在面对得不出答案的问题时，持续地走动是最能帮助思考的行为。隔天，再隔天，我不断地走着，希望可以灵光乍现，得出最适合我的答案。

在苦思期间，我几乎陷入粒米不进的状态，过去的经验也告诉我，当空腹超过一定的极限，直觉也将变得清晰，我也将一切希望赌在这一点上。

没过多久，我就想到要再次利用那间商店——那间位于老旧大楼，曾将我打入绝望深渊的店铺。那是我最后的希望。因为我在那里还保有两次交易的权利。

某天，我问宫城："多亏了你，现在的我远比过去幸福许多。假设我把剩下的寿命卖给那间店，还能卖得多少钱呢？"

"……就如你所想的，人的价值是可变的，"宫城说，"可惜主观的幸福感并不会使寿命的价值产生波动。那间店的人重视的是客观计量，以及有所依据的'幸福'。像这样的事，我仍存有质疑就是了。"

"那么，我把问题倒过来问好了，什么东西最有价值呢？"

"社会贡献度、知名度之类的吧……这些公认且显而易懂的东西具有超乎想象的价值。"

"显而易懂的东西，是吗……"

"……楠木先生。"

"怎么了？"

"请你不要胡思乱想哦。"

宫城脸上浮现着担心。

"我没有胡思乱想，我现在想的是在这种状况下最为自然的事。"

"……你最近在想些什么，我大概都知道哦，"宫城说，"你大概在想，要怎么替我还清债务吧？如果我猜中了固然令人开心，但开心之余，我还是不希望楠木先生将剩余的时间浪费在这种事情上。假设你觉得这么做会让我幸福的话，很抱歉，这恐怕大错特错。"

"那你给我一点参考吧，宫城认为什么才是幸福呢？"

"……那就请你多在乎我一点吧，最近你都很少跟我说话，难道不是吗？”宫城故作别扭地抱怨。

宫城说得完全没错，我最近的所作所为，怎么看都在往错误的方向走去。

不过绝不能就此轻易放弃，我已经下定了决心。

只要能提升对社会的贡献度或是得到知名度，寿命的收购价必定会因此上涨。如果成为家喻户晓的名人，一定能提高身价。

我并不清楚拼命赚钱与提高身价哪个比较实际，因为两者同样不切实际，然而无计可施的我，当然得研究哪边的成功率比较高。

一个人能想到的方法极其有限，是时候借助他人的想象力了。

我首先前往的是附近的旧书店，我本来就习惯在不知所措之际去书店晃晃，在那里放空地看着书柜，随手翻阅一些乍见之下毫无关联的书籍，大部分问题都会因此迎刃而解。这次的任务的确困难重重，所以我今天不能只依赖书籍。

书店老板坐在店内那片几乎快将他淹没的书海里，听着收音机里的棒球实况转播，我向他打了声招呼后，他把脸抬了起来，有气无力地“哦”了一声。

我不打算提及任何与那间收购寿命的商店有关的事情。虽然我想知道他到底有多了解那间店，也想与他分享这一个月发生的事情，只是这么一来，我就不得不提到我只剩两个月可活的事。我不想让他因此背上罪恶感的包袱。

所以我避开余命的话题，也尽力假装宫城不在身边，只与老板聊了天气、棒球、书籍或是庆典这些无关痛痒的事情。虽然是不着边际的对话，我却感到一股不可思议的安心，这大概是因为我喜欢这间书店以及这位老板吧。

趁着宫城将注意力放在书柜的空隙，我小声地问老板：

“要怎么才能提高身价呢？”

老板将收音机的音量转小后告诉我：

“什么方法啊，应该是脚踏实地地努力吧，虽然我做不到。说句玩笑话，要想提高身价的话，到头来还是只能将眼前做得到的事情一件一件地做好做完吧，到了这把年纪，我就一直这么觉得了。”

“原来如此。”我附和着老板的说法。

“不过，”他像是准备推翻刚才所说的一样，“比起这些，还有件更重要的事情。那就是，别相信我这种人的建议。明明没成功过，却把成功挂在嘴边的人，不过是不愿承认失败的废物，所以千万别学这种人。这种人根本不曾反思自己的失败，所以也不需要一副很佩服的样子听这种人说话……大部分的失败者只会说什么如果人生能够重来，一定能创造不凡的成就，自以为在尝过人生苦楚之后，就不会再重蹈覆辙了。可是这种失败者根本就搞不清楚状况，当然也包括我。失败的人的确十分了解失败，但了解失败与了解成功完全是两码事，就算挽回失败，也不代表可以迈向成功，因为夹在两者之间的终究只是一处灰暗的起跑点，可惜失败者们向来不了解这一点。”

听完老板这番话之后，我突然有点想笑，因为宫城也曾说过类似的话——这些人太过自以为是，他们都不会意识到，自己不过是好不容易站回起跑点而已。简单来说，人总是在输得一塌糊涂之后，才能冷静地看待眼前的赌局。但自恃有这微不足道的冷静，就觉得自己有逆转的机会，那未免太过可笑了。

最后老板还说：“喂，你该不会还想把寿命卖掉吧？”

“你在说什么啊？”

我假装不知情地笑了笑。

走出旧书店之后，我沿着那天的行程，又去了CD专卖店，那位熟识的金发店员热情地招呼着我，不过我在这里同样避开了寿命的话题，只是马虎地问他最近都听什么CD而已。

最后，我趁着应该不会被宫城听见的空当问了店员：

“如果你想要在短时间之内获取极大的成就，你会怎么做？”

他立刻回答：“只能拜托别人帮忙了吧，一个人什么事也办不成啊，只能借助他人的力量了。我不太相信自己的力量，要是出了八成力还不能解决问题，就会毫不犹豫地拜托别人。”

这根本就是毫无参考价值又莫名其妙的建议。

不知何时，店外下起一场夏季特有的西北雨。正当我打算不顾淋湿，准备走出店外的时候，金发店员拿了一把塑料伞给我。

“我是不知道你有什么打算啦，不过要办大事，可不能罔顾健康啊。”

我说了声谢谢后，把借来的伞撑起来，与宫城并肩回家。由于伞面不大，我们的肩膀全都湿成一片。擦身而过的路人全以奇异的眼光瞄我，想必在他们眼中，我是个蠢到不知道该怎么把伞撑在正确位置的笨蛋吧。

“我很喜欢这种感觉呢。”宫城呵呵笑着。

“什么感觉呢？”我问。

“嗯，就是啊，或许周遭的人会觉得很可笑，但你被淋湿的左肩让我觉得很温暖。我很喜欢这种感觉哦。”

“这样啊。”我的脸微微地发烫。

“你真是个容易害羞的人啊。”宫城促狭地戳了戳我的肩膀。

时至今日，我早已不在乎别人的眼光，甚至还以被人视为奇葩为乐，因为这么做，宫城就会绽放笑容，我越是表现得滑稽，她就越是开心。

我与宫城一起走进商店的屋檐底下躲雨。远方传来阵阵的雷声，雨水自排水沟急涌而下，甚至连脚下的鞋子都全被淋湿了。

就在此时，我突然遇见了熟人。他撑着深蓝色雨伞匆匆前行，在见到我之后停下脚步。

我记得他与我同系，是仅止于点头之交的同学。

“好久不见了，”他的眼神里满是冷漠，“最近都在忙什么啊？怎么都不来大学露个脸呢？”

我将手搭在宫城肩上说：“就与这位女孩四处游玩啊。忘了介绍，她叫宫城。”

“一点也不好笑，真令人恶心啊。”他不悦的表情全写在脸上。

“我也能理解你为什么会这么想，”我说，“假如我是你，也会有相同的反应吧。不过我要你知道，宫城的确就站在这里，既然我尊重你的不相信，我也希望你尊重我所相信的事。”

“……那个，楠木同学，我从以前就觉得你是个怪人。你一定从不与人交流，总是躲在自己的壳里吧？要不要偶尔把头探出来看看外面的世界呢？”

他没好气地说完这段话之后，就匆匆地离去。

我与宫城坐在板凳上，凝望着纷纷落下的雨滴，果然是场急雨，没多久就准备放晴了。湿漉漉的路面闪耀着粼粼水光，让我们睁不开眼。

“那个……刚刚多谢了。”

宫城边说肩膀边向我靠近。

我摸着宫城的头，让她的头发从我指间滑过。

踏实吗？

我低声地复诵着旧书店老板的建议。虽然老板自己也说这道理信不得，不过对现在的我来说，却是意义深远的一番话。

或许我被“还清债务”这个念头局限了，仔细一想，我的确做了一些让宫城感到幸福的事，她也对我说过，要我多在乎她一点。光是像这样被旁人视为可疑之人，就足以让她开心了。

明明眼前有该做的事情，为什么不去做呢？

宫城似乎嗅到我的思绪改变了流向，因此对我说：

“喂，楠木先生，你愿意把剩余的时间用来拯救我，说真的，我真的打心底地觉得高兴……不过呢，你不再需要这么做了哦，因为我早就被你拯救了呢。数十年后，我还是能一个人又哭又笑地回忆起这段与你一起度过的日子。我想，这些回忆能让活着这件事变得轻松一点。真的谢谢你，请别再费心为我思考债务的事情了。”

说着说着，宫城靠在了我的身上。

“相反地，请多给我制造一些回忆，让我因你不在而感到寂寞时，能从这些回忆里汲取温暖。尽量地，多一些。”

讽刺的是，当我决定这一生要当个天底下最愚昧的人时，却成了我这一生最有智慧的选择，只要将我的生涯记录读完，应该就会明白个中道理吧。

我与宫城搭上公交车，向有一片大池塘的公园出发。

如果听到我接下来要做的事情，大部分的人应该会眉头深锁，不然就是哄堂大笑。

我在池塘边租了一艘小船。虽然也有一般的划桨小船出租，而我偏偏傻气地租了天鹅船。对于要单身一人乘船的我，码头的工作人员似乎觉得不可思议。这也难怪，因为天鹅船通常是情侣同乘的。

听到我笑着对宫城说“我们出发吧”，工作人员的脸部不禁抽动了一下，然后仓促地离开了我们。

宫城整个人都快笑翻了，就连坐船的时候也笑个不停 。

“因为，旁人一定会纳闷，成年男性怎么会一个人搭这种船呢？”

“这又不是多愚蠢的事，说不定这样反而乐得轻松呢。”说完我自己都笑了。

我们慢慢在池塘里悠游，伴随着嘈杂的水声，宫城也用口哨吹着《Stand by Me》的旋律。

池塘的周围种满了吉野樱，等到春天来临，想必整片池面都会布满落樱吧。而到了冬天，大部分的池面应该会结冻，此时天鹅船将会退场，而真正的天鹅会陆续飞来。

一想到再也无法迎送春冬，心里倒是多了几分落寞，不过看到身旁的宫城笑得如此开心，这些情绪便立即一扫而空了。

单人天鹅船不过是一连串傻事的序曲，我在后续的几天重复着类似的愚蠢行为，简而言之，就是不断做各种不适合单人做的活动。虽然我知道宫城就在身边陪着我做这些事，不过在旁人眼中却不见得是如此。摩天轮、旋转木马、野餐、水族馆、动物园、游泳池、居酒屋、烤肉……总之这些单独做会尴尬的事情，我全在宫城面前做了一轮。而且做这些事情的时候，还刻意时时唤出宫城的名字或是牵着她的手走路，甚至与宫城眼神交会，一切都是为了向周围的人宣告宫城的存在。如果手头紧了，就做几天能当日领现的临时工，再与宫城四处游玩。

当时我还没察觉自己已渐渐地在当地有了知名度。有些人会嘲笑我或是露骨地避开眼神，当然也有人一见到我就眉头深锁，也有人把我当成某种街头艺人，或是擅自将我的行为解读为某种思想运动。除此之外，似乎也有些人会因为见到我觉得心情平静或幸福，总之，每个人的反应都各有不同。

然而令我意外的是，讨厌与喜欢我的人在比例上似乎旗鼓相当。

为什么我这些看似愚蠢的行为能让接近一半的人感到心情舒畅呢？

其实理由超乎想象地单纯。

就是因为我看起来打从心底地感到幸福。

一切仅此而已。

“楠木先生，你有什么希望我做的事情吗？”

某天早上，宫城突然问我这个问题。

“怎么突然这么问？”

“因为我觉得从你那里得到了太多，偶尔也希望为你付出一些。”

“我不记得自己做过什么特别的事，不过，给我点时间想想看吧。……话说回来，你有没有什么希望我为你做的事呢？”

“没有呢，你已经为我做得太多了，如果真要说的话，我的愿望就是想知道楠木先生的愿望。”

“那我的愿望就是想知道宫城的愿望。”

“我就说我的愿望是想知道你的愿望了呀！”

这种无意义的对话循环四次之后，宫城似乎心有所感地和我说：

“之前楠木先生曾问过我，若我陷入你的处境会怎么办？当时我不是回答了三个答案吗？”

“我记得是去星之湖、自造坟墓、去见青梅竹马，对吧？”

“嗯，没错。”

“所以你现在想去见青梅竹马一面吗？”

宫城面有难色地点了点头：“仔细想想，我并不知道自己何时会死，所以最好能在还知道他的住址时去见他一面。说是见面，其实也只是我单方面看看他而已……你愿意陪我去一趟吗？”

“啊，当然愿意。”

“那之后请楠木先生也把自己的愿望告诉我哦。”

“如果我想得到的话。”

我们立刻查询前往目的地的交通工具，做好一切回宫城故乡的准备。

当公交车行驶在山路时，宫城看似怀念地望着窗外说：

“我想，我一定会失望吧。我的愿望既不实际，又充满了孩子气。上天从来不曾垂听我心中那希望一切一如往昔的愿望……不过，就算所有的回忆都必须因此烟消云散，我如今也能承受了，因为楠木先生就在我的身边。”

“你的意思是……输家最大的安慰来自更惨的输家吗？”

“你知道我想说的不是这些，你在故意曲解我的意思吗？”

“我知道，抱歉抱歉。”我边道歉边抚摸着宫城的头，“应该是这种安慰吧？”

宫城点点头：“嗯，就是这样。”

宫城的故乡是一座规模不大的小镇，商店街里的电器行生意兴隆，小型连锁超市的柜台前方排着长长的人龙，无处消遣的学生们纷纷群集在活动中心里。

原本是放在何处皆是平凡的风景，如今看来却美不胜收，因为我不再需要讲究效率地感受这个世界，也不需要因为现在的自己怪罪于世界，能单纯地一一驻足欣赏每件美丽的事物。

在跨越所有的藩篱后，整个世界就像被剥掉原本包覆在外的透明胶膜似的，一切都显得如此清晰动人。

这天很特别，因为领路人改为了宫城。看得出来这座小镇的确是宫城自幼熟悉的故乡，但宫城告诉我，她也不知道那位青梅竹马的住处，只能试着从他可能会去的地方一一探寻，而那个男人的名字似乎叫做江西。

最终，我们找到了江西，宫城却不敢立即接近，瞬间躲到了我的背后，畏缩地探着头步步靠近，最后好不容易才站到这位儿时玩伴身旁。

在难以同时容纳十人的狭窄车站，江西就坐在角落的板凳上看书。他的体格不错，五官也算端正，外貌也算高于平均值，而最值得描述的是他脸上的表情。那是一种充满自信，对任何事物都能从容不迫地面对的神色。直到最近我才慢慢得知，究竟是哪些因素能让一个人拥有这种神情。

简单来说，那是一种只在爱着某个人，同时也被对方的爱所包围时才会浮现的表情。

江西身上散发着的气氛不难明白，他等待的不是电车而是某人，而我并不希望宫城见到那个人。

我酙酌了一下时间，小声地告诉宫城："差不多该离开了。"

谁知宫城摇了摇头说："谢谢你的体贴，不过我想看看他现在爱的是怎么样的人。"

两节车厢的列车到站了。下车的乘客多半是高中生，但在匆匆的人群之中，有位令人难以忽视的二十多岁女性，想必她就是江西等待着的女性，早在他们亲密地相视而笑之前也足以预料到这一点。

真是位笑容可掬的女性，如此自然的笑容反而让人觉得有点不真实。人类的笑容不管多么自然，总不免有几分做作，然而江西这位恋人的笑容却没有掺杂半丝虚假，或许是因为这位女性的笑容总是如此纯粹吧。

无须言谈却能自然同行的相处模式，证明他们绝不是刚刚开始交往的恋人，但相视的瞬间所展现的兴奋之情，却仿如初遇。仅需短短几秒，这对情侣的幸福已溢于言表。

失去宫城的江西依旧幸福地生活着。

宫城不哭不笑，只是面无表情地凝望着眼前这对情侣，说不定内心产生动摇的人反而是我。我将姬野与我的身影重叠在他们身上，不禁想象着曾经可能拥有的安稳与幸福的未来。

想象着只要我不死就有可能降临的未来。

那两人离开车站，独留我与宫城在原地。

“我原本想借着对方看不见我这点，做一些我想做的事情。”宫城说，“不过，我放弃了。”

“你想做什么？例如？”我询问着。

“像是强行向他扑过去这样的事。”

“这样吗？如果我是你，我应该会做更过分的事情哦。”

“比方说？”在宫城说完之前，我抢先将她的腰搂向自己，身体力行地让她明白什么是“更过分”的事。

这过分的事大概进行了两分钟。

一开始宫城惊讶得浑身僵住，等到慢慢回神后，也开始回应我。

就在彼此的嘴唇分开后，我对宫城说：“反正不会被任何人责备，这么点自私的小事就放手去做吧。”

“……是啊，的确不会被任何人责备呢。”

宫城低低地垂着头，好不容易挤出这句话。

第十四章　青涩时代

就在余命不足五十天的时候，我的生活出现了明确的变化。

先前说过，我这种身边明明看起来没人，却当作有人的举止让不少人嗤之以鼻。见到一脸幸福地与透明人交谈的我，有些人会忍不住窃窃私语，也有人会故意为了让我听见而大声谩骂，而这样的人还不在少数。

我当然没有抱怨的权利，因为是我先造成了大家的不悦。

某天，我在居酒屋被三位男人挑衅。这群家伙总习惯将声音放开来聊天，几只眼睛总是在寻找能逞凶斗狠的机会，不过也只有在人数及体格上占有优势时，他们才会摆出攻击的态度。也不知道他们是不是没事找事，他们见到只身一人喝酒却对着空座位聊天的我，便故意坐到我的身边，还不断对我叫嚣。

要是以前的我，或许还会生气地回嘴，但现在的我根本不想把力气浪费在这些事情上，所以我打算耐着性子等到对方觉得无聊为止。不过，当他们知道我并不打算反击时，反而变本加厉了。虽然我有想过离开这家店，但对方的时间似乎多得很，说不定还会跟着我走出店外。

真是糟糕啊，宫城脸上就写着这样的担心。

就在我不知该如何应付时，背后突然有人搭话：“这不是楠木同学吗？”这个声音的主人是位男性，但印象中应该不会有人这样与我搭话才对，所以光是这句招呼就足以令我惊讶，但没想到，他接下来说的话更令我与宫城吃惊。

“今天楠木同学也与宫城小姐一起出现呢。”

我回头一望，想看看声音的主人是谁。

原来，对方不是一位完全陌生的男人。

他是住在我公寓隔壁的邻居，每次看到我与宫城边聊天边出入房间时，总是露出恐惧的表情。

我记得，他姓新桥。

新桥直接朝我走来，还问那群家伙的其中一位：“不好意思，能否请您把这个座位让给我呢？”这句话的用词虽然客气，但语气却充满威吓，而那位被要求让座的男人在见到新桥那超过一百八十厘米极具优势的身高，以及那娴熟的恫吓眼神之后，态度立刻有了一百八十度的转变。

在我身旁就座的新桥直接越过我对宫城说：“总是听楠木同学提起你的事，却还没有机会与你聊聊天，你好，敝姓新桥。”

宫城呆若木鸡地迟迟无法响应，他却像是得到宫城的响应般点了点头说：“嗯，是啊是啊，你记得我啊，那还真是荣幸，我们在公寓前错身过好几次了吧。”

对话根本不成立，这也说明了新桥并不是真的看得见宫城。

我猜想，眼前这个男人只是“假装”见得到宫城而已。

随着新桥的登场，那些纠缠不休的家伙似乎对我失去了兴趣，开始收拾随身物品准备回家。那三人一走出店外，新桥随即轻叹了几声，将脸上那副交际用的笑脸收起来，换回原本熟悉的臭脸。

“我丑话说在前头，”新桥说，“我可不相信‘宫城’这个女生真的存在哦。”

“我知道，你是来帮我一把的吧？”我说，“真的非常感谢你。”

“也不像你说的那样啦。”他摇了摇头否定。

“不然是为了什么？”

“我想，你一定不会承认，但至少我是这么认为的——你只是想借助某种表演，让大部分的人误以为‘宫城’这个女生是真实存在的。你想透过这种街头表演的方式，让多数人对于他人的感知有所动摇……然后对我来说，这个挑战几乎是成功了。”

“这意思是，你大概能感受到宫城的存在吗？”

“我虽不想承认，但的确没错。”新桥耸了耸肩说，“就如你所说，我深刻地感受到内心产生了变化，这让我觉得，若我愿意积极地承认‘宫城小姐’的存在，说不定真的能看见她。”

“宫城她啊，”我说，“是位个子不高，肤色白净，全身散发着优雅的女孩子，平常虽然故作精明，但有时愿意露出浅浅的笑容。不过她的视力应该不太好，一遇到看小字的情况，就得戴上细框眼镜，但眼镜真的很适合她。至于发型嘛，她留着垂肩的长发，发尾自然内卷。”

“……这该怎么办才好？”新桥歪着头说，“你现在说的这些特征，与我想象中的宫城完全一致啊。”

“现在宫城就在你面前哦，你打算怎么做呢？”

新桥闭上眼想了一下：“我还没想到这部分啊。”

“宫城希望跟你握手，”我说，“能不能伸出你的右手呢？”

他将信将疑地伸出右手。

宫城兴奋地盯着新桥的手，并用双手紧紧握住。

看见自己上下摇动的手后，新桥忙问：“是宫城小姐在摇晃我的手吗？”

“是啊，你或许会觉得是手在自行晃动，但实际上是宫城在摇晃你的手哦，她看起来挺开心的呢。”

“能不能帮我跟新桥先生说声非常感谢呢？”宫城说道。

“宫城要我告诉你，她很感谢你。”我替她表达感激。

“不知为何，我也有这种感觉！”新桥不可思议地说，“不用这么客气。”

之后我就成了他们的传声筒，为他们搭起对话的通道。

在走回原本的桌子之前，新桥后退了一步说：

“或许不只我感受到宫城小姐的存在，或许每个人都有同样的感觉，只是不得不告诉自己那是错觉罢了。但只要有契机的话……就好比察觉到有这样错觉的人不只自己，有可能在某一瞬间，任何人都会愿意接受宫城小姐的存在吧……虽然这是没什么根据的说法，但我衷心希望有朝一日真能如此。”

新桥的预测完全正确。

虽然难以置信，但身边的人却因为这次的事件开始相信宫城的存在。

当然他们并不是真心相信有透明人，只是将我的胡言乱语当成一种惯例看待，并开始认同我而已。宫城的存在虽然仍被视为某种假设，尽管如此，现在情况已与过去大有不同了。

当我常在镇上的娱乐场所、高中的文化祭与地方的庆典露脸后，便渐渐在这一带享有些许名气，也从原本的滑稽而幸福的傻瓜，变成了“可怜却有趣的人”。对于一下牵手一下又拥抱虚拟恋人的我，有不少人是抱着温柔的眼光在一旁守护着。

某晚，我与宫城被邀请至新桥的房间里。

“房间里的酒多到喝不完，可是又非得在回老家之前解决，方便的话，楠木同学与宫城小姐要不要过来一起喝呢？”

我走进隔壁的房间之后发现，新桥的三位朋友早已酒过三巡了。这三位朋友中有一位男性，其余两位是女性。醉到不太清醒的他们似乎常从新桥口中听到关于我的事情，所以不断地向我丢出有关宫城的疑问，我也如实地一一回答。

“换句话说，宫城小姐目前就在这个房间里？”

其中一位个子颇高，面带浓妆，名叫铃见的女孩，醉到一直摸着宫城的手臂说：“这么说来，还真的可以感觉到。”

明明不该有任何触感才对啊，但或许“存在感”并没有被完全抹去吧。宫城也轻柔地回握铃见的手。

脑袋机敏的男人——朝仓，问了好几个有关宫城的问题，也点出好几个矛盾之处，但似乎觉得我能前后一致地解释十分有趣，还因此将自己坐着的坐垫或倒了酒的玻璃杯移到宫城的位置。

“我很喜欢你描述的这种女人哦！”朝仓坦白地说，“还好我看不见宫城小姐，否则我早就情不自禁地坠入爱河了。”

“不管你看不看得见都无济于事，因为宫城喜欢的是我。”

“别自以为是地胡说八道啦。”宫城拿坐垫捶了我一下。

拥有娇小清秀的五官，又是三人之中喝得最醉的莉子，直接躺在地板上抬头问我：“楠木同学，楠木同学，你有多喜欢宫城小姐呢？在我们面前证明一下嘛！”莉子的眼神已带着几分睡意。

“我也好想看看啊。”铃见随即附议，新桥与朝仓也以期盼的眼神望着我。

“宫城。”我唤了唤宫城。

“知道了。”

就这样，我吻了满脸绯红地望着我的宫城，那群醉鬼顿时哄堂大笑。我真是乱来啊，连我自己都吓傻了。这群家伙根本就不相信宫城的存在，只是把我与宫城当成马戏团的猴子戏耍而已。

可是，又有何妨？

就在这个夏天，这座小镇，我成了最可笑的小丑。

不管是从好的还是坏的方面来看都是如此。

自那晚之后又过了几天，时间是晴朗的午后。

门铃突然响起，门外传来新桥的声音。

一开门，他就朝我丢了一样东西。我用手掌接住之后定睛一看，竟是汽车钥匙。

“我要回老家啦，”新桥说，“所以暂时用不到车，你用得到就借给你吧。有车的话，与宫城小姐一起游山玩水应该就很方便了吧？”

我向新桥连说了好几声谢谢。

新桥在离开之前说：

“我还是觉得你不像是在说谎，也不觉得你在用街头表演塑造出宫城小姐这个角色……或许只有你才能看到的世界真的存在吧。我们能看到的世界，只不过是这个世界的一部分而已，只是我们自认为看到这些就够了吧。”

看着新桥搭上公交车后，我抬头仰望着。

阳光依旧耀眼，我却已嗅到弥漫在空气里的淡淡秋意。

秋蝉齐声鸣放，告知夏季即将终了。

入夜后，我与宫城一同钻进棉被，不知何时，两人之间再也没有任何界线。

宫城与我相视而眠，带着轻柔的呼吸声与孩子般安稳的表情。这张令人怜爱的睡脸不管几次也看不倦，看不腻。

离开棉被时，为了不吵醒宫城，我尽可能避免发出声响。去厨房喝完水，正准备回到房间时，我发现宫城的笔记本掉在了更衣室的门前，捡起来之后，我打开梳妆台的日光灯，轻轻地翻开第一页。

没想到里面画了各式各样的东西。

车站的候车室，与成濑会面的餐厅，埋有时光胶囊的小学，姬野与我的秘密基地，被千纸鹤淹没的房间，老旧的图书馆，夏季庆典的摊位，与姬野见面前一天我与宫城走过的河畔，还有观景台，两人借住一宿的文化活动中心，本田小狼，杂货店，自动贩卖机，公共电话，星之湖，旧书店，天鹅船，摩天轮。

还有，我的睡脸。

我翻到空白的页面，开始描画宫城的睡脸当作报仇。

不知道是不是睡昏了头，等到发现自己已经好几年不曾将一幅画画得如此完整时，整幅画已经完成了。

我应该早就放弃了画画。

我望着完成的画作，就在对这幅画感到惊讶与满足的同时，还察觉到不同于这些情绪的微妙感受。

要对这份感受视而不见并非难事，因为只要稍微转移注意力，这份微不足道的感受就将转瞬消失。我也能选择忽视这份情绪，就此将素描本合上，并将它放回宫城的枕边，期待着明天她会有什么反应，并幸福地钻回棉被里。

不过，我真真切切地感受到“某件事”。

于是我集中所有的注意力，提高自己全身感官的敏感度，尽力找出这份感受的真面目。

寻找这份感受的过程像是漂浮在深海中的信纸，正一张张从我手中溜走。

历经几十分钟的挣扎后，正当我打算放弃时，却偶然地抓住了其中一张信纸。

我无比珍惜地将这张信纸从海里捞了起来。

而此刻我明白了一切。

下个瞬间，我犹如被鬼神附身一般，全神贯注地让铅笔在素描本上疾飞。

彻夜不愿停笔。

几天后，我带着宫城去欣赏烟花。走过被晚霞染红的田间小径，再经过平交道，最后从商店街穿出来便能到达欣赏烟花的会场。由于是当地举办的烟花比赛大会，周围群聚的摊贩远比想象中来得多，现场挤满了观众，不禁令人怀疑这座小镇平常是否有这么多居民。

“是那个楠木啊！”擦身而过的孩子们一看到我牵着宫城走路的模样，就用手指着我们嬉笑。那是善意的笑容，怪人总能受到孩子们的欢迎。我举起牵着宫城的那只手，冷冷地回应了他们。

在串烧摊位前排队时，一群听过传闻的高中生们向我靠近，带着嘲弄的口吻说：“好恩爱的情侣哦。”

我立刻搂住宫城的肩膀说：“羡慕吧，我可不会让给你们哦。”语毕，这群高中生们立刻咯咯笑着拍手叫好。

其实我还挺喜欢他们这么做的。尽管他们心里不信，但“宫城就在我身边”的传闻似乎为每个人带来不少欢乐。

比起不被正视的真实，足以取悦群众的虚伪还比较有价值。

烟花大会正式开始的广播一出，没过几秒，第一发烟花随即升空。

橙色的光芒映亮了整片夜空，群众欢声鼓舞，迟来的爆裂声震动了大气。

距离上次如此近距离欣赏烟花已非常久远。烟花远比我想象中来得巨大且灿烂，而且烟消云散的速度也比预想中迅速。我早已忘记烟花升上天际后，需要数秒才会绽放这件事，也无法想象随之而来的爆裂声竟然如此震耳欲聋。

这次大会共施放了数十发烟花。我与宫城躺在只有我们的校园里欣赏烟花美景，突然心血来潮地想趁着火光照亮四周时偷看宫城的表情，没想到她也跟我有着同样的想法，因此两人的眼神意外地产生了交会。

“我们真有默契，”我笑着说，“之前也发生过类似的事呢，就在棉被里。”

“是啊，不过楠木先生随时都能见到我，现在还是专心欣赏烟花吧。”宫城的脸上浮现羞涩的笑容。

“这可不一定啊。”我说。

或许已到了坦白一切的最佳时机。

就在绚烂的烟花之下。

“嗯，虽然我明天确实是要休假啦，但后天就回来咯。而且与上次不同，这次只放一天假而已哦。”

“我说的不是这个问题啦。”

“那是什么问题呢？”

“……喂，宫城，我在这个小镇已经小有名气了，那些针对我的笑容里，有一半是嘲笑，也有一半是抱着纯粹的善意，而不管那些笑容背后藏着什么用意，我都觉得这是值得骄傲的事情。我敢说，在我原本的人生里绝对不会遇见这些好事。”

我起身用双手向后撑在地面，俯视着宫城的脸庞说：

“小学的时候，我曾经非常讨厌一个男同学，他明明很聪明却故意装笨，让所有的同学都喜欢他。直到最近我才明白，当时之所以那么排斥他，完全是因为我非常羡慕他，如果一开始就学他这么做，我应该也能与全班同学打成一片吧。而现在，托宫城的福，我才能成功与全世界重新和好。”

“这样不是很好吗？”

宫城也把身体撑起，以同样的姿势对我说：

“……你到底想说什么呢？”

“我想说的是，到目前为止，真的非常感谢你，”我说，“说真的，我不知道该怎么说才能表达这份感激。”

“‘今后也请多多指教’这句话怎么样？”宫城说，“我们还要相处一个月以上哦，现在就说‘到目前为止’会不会太早了一点？”

“喂，宫城，你不是说过想知道我的愿望吗？我左思右想，只想到一个希望你遵守的约定而已。”

时间停滞了几秒。

“嗯，如果是我做得到的事，我都会答应。”

“好吧，那我就老实说咯。宫城，在我死后，我希望你把我忘得一干二净。这是我心中仅存的渺小愿望。”

“我不要。”

宫城断然拒绝之后，总算察觉到我的企图。

她知道，我明天将做出某个重大的决定。

“楠木先生，该不会……拜托你千万别做傻事啊。”

我摇了摇头。

“你仔细想想吧，有谁想得到三十年寿命只值三十日元的我能够度过如此精彩的余生呢？应该出乎众人预料了吧。即便是看了你也看过的估价报告之类的文件，也没有人能料想我能有今天吧。原本该活在悲惨谷底的人，居然也能像现在这样抓住幸福，所以宫城的未来一定也是未知数，还有很多很多的可能性，日后或许会出现一位更值得你依靠的男人，并绝对会带给你幸福的。”

“绝对不会出现的！”

“可是对我来说，宫城也是不该出现在我生命里的美好啊，所以属于宫城的美好也一定会……”

“都说绝不会出现了！”

宫城不待我回应，就将我扑倒在地。

她把脸庞埋进我的胸膛说：

“……楠木先生，算我拜托你。”

这是我第一次看见宫城哭泣。

“就当我求你，至少最后这一个月留在我的身边，好吗？其他的事情我都会尽力忍耐的，比如你就快死去的事，休假时不能相见，别人看不见我们牵手，以及你死了以后，我得独自一人度过漫长的三十年岁月，这些我都会努力撑下去的。所以至少在这段时间里，这段还能一起相处的时光里，拜托你别亲手舍弃掉，求求你……”

宫城忍不住哽咽啜泣，而我只好抚摸着她的头，试着安抚她的情绪。

回到公寓后，我与宫城相拥入眠。

宫城的眼泪直到最后也不曾停止。

夜深人静时，宫城准备离开公寓。

第十四章
青涩时代

我们在玄关再度相拥，宫城心有眷恋地松手后，露出寂寞的微笑说："再见了，我很幸福。"

宫城说完低下头，背对着我转身离开。

只身一人，在苍茫月光中缓缓地走着。

翌晨，我与那位代理监视工作的男人一同前往那栋老旧的大楼。

那个与宫城初识的地点。

在那里，我卖掉了剩余三十天的寿命。

我原本打算将寿命卖到一天不剩，但似乎有不收购最后三天的规则。

估价之后，身旁的那位男人大吃一惊。

"你早知会有这个结果才决定回到这里吗？"

"嗯，是啊。"我说。

那名负责估价手续的中年女性困惑不解地问：

"……说实话，我不建议你卖掉寿命。既然所剩的寿命不多，金钱应该不再是问题了吧？只要你在最后的一个月专心作画，你的作品在遥远的未来可是有机会在美术教科书里占一块篇幅的呢。"

听到这段话之后，我将眼神移往夹在腋下的素描本。

"你仔细听我说，若你现在回家，并在最后的三十三天之内拼命作画，那位担任监视员的女孩一定会在身边不断地鼓励你，而且也不会对你的决定有任何怨言，而你的名字也将永远留在美术史里。

毋庸我赘言解释，你也明白现在的自己能做到这一点吧？……你对这样的发展还有什么不满的呢？我实在不明白。”

“因为金钱与名声一样，对死者都毫无意义。”

“你不想名留青史？”

“在没有我的世界里成为永恒也没什么值得开心的。”我说。

世界第一通俗的画。

我的画在日后似乎被如此评价。尽管引起了很大的非议，但最后依然获得了热烈好评。

而在卖掉最后的三十天之后，这一切全成了“原本可能发生的事情，而如今已是绝对不会发生的事情”了。

我是这样想的：被我放弃的绘画天赋原需经过漫长的岁月才能开花结果，可惜在度过这漫长的岁月之前，就因交通意外而永远地枯萎了。

然而通过卖掉寿命这件事，更重要的是有宫城的陪伴，让原本需要时间浇灌才能苏醒的天赋得以在寿命告终之前先行绽放。

我一直是这么认为。

我向来擅长绘画。

除了能将眼前的风景轻易地临摹成如相片一般的画，亦能在无人指点之下，将其剖析成另一种景色，并以不同的形式表现出来。

每当在美术馆欣赏画作时，我总能对“不该这么画的图”说出“应当这么画”的理由，对于难以用词汇表达的境界，也能清楚地理解。

虽说我对事物的看法并非完全正确。不过无论如何，只要是认识当时的我的人，每个人都会认同我拥有如此出色的才能。

十七岁那年冬天，我放弃了绘画。因为即使再画下去，也无法成为姬野口中那种了不起的人，顶多就是变成一名穷酸的画匠而已。虽然在一般人来看或许十分成功了，但为了遵守与姬野的约定，我必须获得更了不起的成功，所以需要让自己彻底洗心革面。为此，我不允许自己抱着懒散的态度作画。

等到下次握住画笔，已是内心毫无矛盾的时候了，在能用与众不同的观点认识世界之前，我不允许自己再次拿起画笔。

我给自己设下了这么一道限制。

或许这样的判断本就没错。

不过十九岁夏天，我对世界的看法还没稳定下来，就因为焦虑而再次拿起了画笔。要明白“那时还不该开始作画”，已经是非常久之后的事情了。

结果，我失去了作画的能力，连一颗苹果也画得不象样。只要一打算画画，我的内心就掀起混乱的浪潮，一种近似悲鸣的强烈混乱，一股如同即将踏空的不安随即袭来，不管画出怎样的线条与颜色，都感受不到该有的必然性。

我清楚自己丧失了原有的天分，也不打算再挣扎，重头来过也为时已晚。就这样，我丢下了画笔，逃开竞争，躲回自己的内心世界里。

不知从何时开始，我过分努力地想画出让世人认同的画，这或许就是造成内心混乱的原因。然而“就是要画出普世认可的画才是通俗的做法”这个误解更是致命的因素。一旦这个误解到达顶点，一握住画笔就会陷入“完全无法作画”的状态。所谓“通俗”不等于向世人谄媚，而是几经辛苦才绘制而成的个人成就。

要发现这件事，心中必须心无旁骛，单纯地为了自己而快乐地作画。而赐给我这个契机的人正是宫城，她的睡脸让我对于“作画”这个行为有了另一层面的认知，也让我重新找回了“作画”的能力。

之后我耗费一整晚绘制的正是我从五岁开始必做的练习，那是我在睡前总会在脑海里浮现的景色，是我原本想居住的世界，里头全是不曾有过的回忆，不曾抵达过的远方，不知是过去还是未来的某一时刻。通过将宫城的睡脸绘制成画这件事，我明白了该如何运用技术表现这幅只在想象中存在过的景色。或许我一直在等待这个瞬间。虽然生命已走到尽头，但我的画技也在此刻成熟。

根据那位负责估价的女性的说法，在被我卖掉的三十天里，我原本可以创作出将乔治·德·基里科（**注：希腊裔意大利人，形而上学画派创始人之一**）风格发挥到极致的画作。虽然这只是她的说法，但那的确与我的画风非常相似。

没想到这幅名闻遐迩的画，居然让我的寿命卖到了天价，虽然还不足以还清宫城的债务，但光凭这三十天的寿命，她只需要再工作三年就会恢复自由之身。

“比三十年更有价值的三十天吗？”

离去之际，那位男代理监视员笑着送给我这句话。

如此一来，我将永远失去名留青史的机会了。

姬野预言的“十年后的夏天”也即将进入尾声。

她的预言有一半落空。

直到最后，我既不伟大，又没有钱。

但她的预言有一半成真。

“天大的好事”的确发生了。正如她所说，我由衷地觉得“活着真好”。

第十五章　贤士的礼物

最后的三天，第一天早上。

从今天开始，不再有监视员在旁边。

这代表宫城已经不会陪在我的身边了。

该怎么度过这三天，我早有计划。我用了一个上午专心地将昨天为止发生的事情全写进笔记本之后，便将钢笔放回桌上，熟睡了好几个小时。醒来后，到户外抽了几根烟，再到自动贩卖机买了苏打汽水润一润干渴的喉咙。

我重新确认钱包里的金额。一百八十七日元，这是我全部的财产。而且其中有六十日元全都是一日元硬币。反复数了三次，果然还是一百八十七日元。

因为这奇妙的偶然，让我的表情放松不少。我对于这最后三天的生活，的确心存不安。不过，现在就好好品味这个偶然吧。

重新检查笔记本的内容，并将重要的细节补上后，我跨上本田小狼，只身前往所有曾与宫城一游的地点。

为了重温她的余香，我在晴空下不断奔驰着。

宫城现在应该在别处监视着另一位对象吧，但愿对方不要自暴自弃地袭击宫城。但愿她的工作一切顺利，还清债务之后，能过着彻底忘了我的幸福生活。但愿能出现一位比我更珍惜宫城，而宫城也更爱他的男人。我衷心期盼着这一切。

在公园里散步时，孩子们朝我挥了挥手，此时我才突然想到，我应该试着假装宫城还在我身边的样子。

于是我故意说:“宫城，来吧。”接着伸出手，假装与宫城牵着手。

想必周围的人看到的是一如往常的场景吧，他们应该会觉得：那个大笨蛋楠木又在与幻想中的恋人散步了。

不过对我而言，如今已大不相同。

一切早已物是人非。

尽管要假装宫城还在身边的人是我自己，却有股沉痛的悲怆向我袭来，令人无法站稳脚步。

我从未像现在这样，深刻地体会到宫城不在自己身边的事实。

我突然有种感觉。

该不会从一开始，一切都只是幻觉吧？

不过我确定自己的生命真的只剩下三天了。那种连生命最后的碎片都即将燃烧殆尽的感觉尤为真实。

不过，宫城真的存在过吗？还是说她的存在，不对，甚至连那间收购寿命的店都是因为人生被迫走到尽头之后，我才为自己杜撰的美丽幻想？

事到如今，已经无法确认了。

当我垂头丧气地坐在喷水池的边缘时，一对看似情侣的初中生向我打了招呼。

男方天真地问："楠木先生，今天也与宫城小姐一同出门吗？"

"宫城啊，她不在我身边了。"我说。

女方惊讶地双手掩着嘴说："咦？怎么了吗？你们吵架了吗？"

"大概就是这么回事，你们可别吵架哦。"

两人面面相觑地摇了摇头说：

"怎么可能不吵架呢？因为就连楠木先生与宫城小姐也会吵架，不是吗？"

"你们感情这么融洽都会吵架，更何况是我们呢？"

我原想回答，你们说得也有道理。不过，我连一句话都说不出来了。

回过神后我才发现，自己就像被拔掉了栓子一样，豆大的泪珠汩汩流下。

越是想拾起宫城曾在身边的回忆片段来安慰自己，就越是无法止住眼泪。

那对情侣见我哭到不成人样，就各自往我的身旁两侧坐下，试图安慰我。

哭了一会，我一抬头才发现，原来不知不觉间，已经有一大群人聚在了周围。

看来，我的知名度比预想中还要高一些吧。

"楠木先生在表演新把戏咯。"就在这样的气氛下，身边围满了各个年龄层的人。

新桥的两位朋友，铃见与朝仓也混在人群之中。铃见开口问我怎么了，我不知如何回答，只好用吵架分手，对方抛弃我这种理由来搪塞几句。

“宫城对楠木有什么不满的吗？”

一旁眼神锐利的女高中怒气冲冲地抱怨着。

这口吻简直就像宫城真的存在过。

“一定另有隐情吧？”

我认得站在身旁说这句话的男人。没错，他就是那位照相馆的店长，也是第一位肯定宫城存在的人。

“她看起来不像这么残酷的人啊。”

“可是最后还是离开了，不是吗？”铃见表达了她的不满。

“这么好的人也舍得放手，宫城那家伙真是个糟糕透顶的女人。”

正在慢跑的短发男停下脚步，表达了他对宫城的看法后拍了拍我的肩膀。

我抬头打算说些什么，话却哽在喉咙里说不出来。

——就在此时，背后突然传来了一道声音。

“是啊，明明是这么好的人啊。”

这道声音，我很熟悉。

这绝非是一两天就能忘掉的声音。

想彻底忘记这道声音,恐怕需要三百年,不,应该需要三千年吧。

我转向声音的来源。

我确定了。

我应该没听错。

可是直到实际见到面之前，我仍不敢相信。

她正开心地笑着。

“宫城啊，真是个糟糕透顶的女人呢。”

宫城说完这句话后，伸手环抱住我的脖子。

“我回来了，楠木先生，我找了你好久呢。”

我反射性地抱了回去，嗅着她的发香。

这与那份渗入身体的“宫城感”完全一致。

她真的就在这里。

看来对目前状况摸不着头绪的，不只是我而已。

周围的每个人都像我一样混乱。

他们大概是这么想的吧。

“宫城这女孩子不是虚构的吗？”

从他们的反应便可一目了然。

宫城的身影清楚地映在每个人的眼里。

穿着运动外套的男人语带畏缩地问宫城：

“你，该不会就是那位宫城小姐吧？”

“是啊，那个糟糕透顶的宫城。”

她回答之后，那位男人连拍了几下我的肩膀笑着说："这不是皆大欢喜了吗？什么嘛，原来真的有宫城这个人啊，而且还是个超级大美人。喂，我真是羡慕死你了啊。"

不过作为当事人的我，依然摸不清现状。

为什么宫城会在这里出现？

为什么所有人都能看得见宫城？

"宫城小姐……真的是传闻中那位宫城小姐吗？"一旁凑热闹的女高中生圆瞪着眼感叹，"嗯……总觉得，跟我想象中一模一样。"

被挡在人群之外的朝仓向众人提议让我们两人独处。

许多人在留下揶揄或祝福之后就纷纷散去。

我向朝仓说了声谢谢。

"看来，宫城小姐真的和我的想象一样，是我喜欢的类型啊。"朝仓笑着说。

"请两位务必幸福到底哦。"

就这样，现场只剩下我们。

在我的思绪依旧混乱之际，宫城握住我的手说明了一切。

"很不可思议吧，为什么我能在这里出现？为什么所有人都能看见我？……其实答案很简单啊，因为我跟你做了同样的事情。"

"同样的事情？"

几秒后，我立刻明白了宫城的意思。

"你……卖掉多少？"

“跟你一样，我把所有寿命都卖掉了，现在只剩下三天。”

我的大脑变得一片空白。

“楠木先生卖掉寿命后，那位代理监视员就联络了我，告知我你将寿命卖到一点不剩，还替我还掉了大部分的债款。在听完之后，我当下就做了这个决定，连手续都是他帮我办妥的。”

我应该觉得这件事很可悲才对。

我牺牲一切守护的对象居然背叛了我的心意，将自己的生命全部卖掉，我应该为此感叹的。

然而并非如此，现在的我感到无比幸福。

她的背叛与傻气是我现在最珍惜的宝物。

坐在身旁的宫城闭着眼睛依偎着我。

“真是厉害呢，楠木先生。仅用三十天就赎回我大部分的人生……可是，真的很对不起，我又亲自将你好不容易为我抢回来的人生舍弃了。我真是个笨蛋呢。”

“怎么会呢，”我说，“笨的是我吧，就算只剩三天，没有你在身边，我根本活不下去，而且完全不知道接下来该何去何从。”

宫城喜滋滋地将脸颊靠在我的肩上。

“多亏了你，我的人生似乎变得更有价值了哦，所以还清债务后，还剩下一大笔钱，这三天怎么花也花不完呢。”

“这不是变得超级有钱了吗？”我夸张地抱着宫城前后摇晃。

“嗯，是啊，我现在可是大富翁咯。”宫城也紧紧抱住我，语气张狂地说着。

我虽然已是泪眼蒙眬，但宫城也毫不逊色，所以我也完全不在意了。

我，即将死去，不留一丝痕迹。

或许某些好事的人会记得如此愚蠢的我，但将我遗忘的可能性应该更大一些吧。

但，我无所谓。

如今我已不再期待之前梦见的永恒了。

即便不被任何人怀念也无妨。

因为，我的身边已有这位女孩陪伴。

因为身旁的她愿意为我展露笑容。

光是这点，我就能原谅一切。

“好了，楠木先生。”

宫城坐直后，用那张惹人怜爱的笑脸再次问我：

“接下来的三天打算怎么度过呢？”

我想，这仅存的三天。

一定比那原本会很悲惨的三十年。

比那本该充满意义的三十天。

还要有价值得多吧。

后记

虽然有句话叫做“笨蛋到死也治不好”。不过我宁可乐观一点，将这句话改成“笨蛋在死之前就会治好”。

说到笨蛋，类型还真不少，而我在这里提及的“笨蛋”，则是为自己打造地狱的人们。这类笨蛋的病征就是深深地误以为“自己永远无法获得幸福”，若是继续恶化就会发展成“自己不该得到幸福”，末期甚至走向幻灭般的“自己不想得到幸福”。

其实走到这种地步，这些笨蛋已无所畏惧。因为他们熟知所有让自己陷入不幸的手段，懂得在各种得天独厚的情况里找出一条规避幸福的地狱之道，而且这一连串的行为都是在潜意识下进行的，所以令他们觉得这世界无处不是地狱。但实际上，不管他们走往何处，只有他们脚下的方寸之地才是地狱。

我也相信自己也是打造地狱的笨蛋之一，而且这种蠢病本来就是不治之症。对于替自己贴上“不幸福”标签的笨蛋们而言，要想摆脱不幸就只有自我灭亡这条路。遭遇不幸并自舔伤口的行为不知不觉成了唯一的乐趣，所以才会变得如此积极地寻找不幸。

可是，正如开头所述，我相信笨蛋在死之前就会治好，说得更精准一点，便是“蠢病到死方可治愈”。幸运的人或许可以在临死之前早一步得到治愈的机会，但再怎么不幸的人，只要被迫面对自己的死亡，就会从“必须继续生存下去”的束缚里得到解放，此时此刻，蠢病就得以治愈。

虽然我认为这种说法是乐观的，但左思右想，其实仍脱不开悲观的范畴。因为一旦爱上这个世界，便注定会死亡。

不过我是这么想的，在这些“死前才治好蠢病的家伙们”眼里，世界应该美丽得不可方物吧。而当他们不断后悔与感叹，“我明明生活在如此美丽的世界”或“我明明懂得接纳各种事物活下去”，但越是后悔，这个世界却越是残酷得美丽吧。

我常常想着要将这种美丽转换为文字。但就算完成了这部《三日间的幸福》，老实说，我也丝毫不曾想过要透过作品谈论生命的价值，或是爱情的力量。

三秋　缒

嫌疑人变成了委托者，开启太宰治名作寻觅之旅！

文现里亚古书堂二人，即将面临无法逃离的宿命?!

◎著者·〔日〕三上延　◎绘者·〔日〕越岛羽空

古书堂事件手帖 1~6 待续

曾为了《晚年》而对栞子下手的青年，现身于文现里亚古书堂，委托栞子寻找《晚年》。在寻找此书的过程中，栞子与大辅发现了惊人的事实，就像命运的轮回一样，上一代的牵绊也延续到了他们这一代。为了解开由《晚年》引起的谜团，他们战胜重重阻挠，与对手斗智斗勇，使得真相终于浮出水面。

定价：各25.00~30.00元

TIANWEN KADOKAWA　轻文学 Light Literature

TK 天闻角川

◎著者·[日]新海诚　◎译者·CLOVER

动画导演新海诚又一小说力作——
一场关于『孤悲』的清新恋物语

言叶之庭

以成为制鞋师为职业目标的高中生孝雄，某天在凉亭处偶遇一位比他年长的神秘女子—雪野。几次相谈之下，两颗年轻的心也渐渐靠近。然而就在此时，孝雄发现雪野其实是曾在自己所在学校掀起轩然大波并不得不离职的古文课老师……

定价：32.00元

天闻角川

轻文学 Light Literature

TIANWEN KADOKAWA

图书在版编目（CIP）数据

三日间的幸福 /（日）三秋缒著；（日）E9L绘；许郁文译. — 南昌：百花洲文艺出版社, 2017.2（2023.4重印）

ISBN 978-7-5500-2119-8

Ⅰ. ①三… Ⅱ. ①三… ②E… ③许… Ⅲ. ①长篇小说—日本—现代 Ⅳ. ①I313.45

中国版本图书馆CIP数据核字（2017）第034423号

江西省版权局著作权合同登记号：14-2017-0030

本书为引进版图书，为最大限度保留原作特色、尊重原作者写作习惯，故本书酌情保留了部分外来词汇。特此说明。

出 版 者	百花洲文艺出版社
社　　址	江西省南昌市红谷滩区世贸路898号博能中心Ⅰ期A座20楼
邮　　编	330038
书　　名	三日间的幸福
作　　者	［日］三秋缒
绘　　者	［日］E9L
译　　者	许郁文
责任编辑	臧利娟　邹　婧
特约编辑	苏靖文
美术编辑	罗智超
经　　销	全国新华书店
印　　刷	凸版艺彩（东莞）印刷有限公司
开　　本	890mm×1240mm　1/32
印　　张	7.5625
字　　数	151千字
版　　次	2017年2月第1版
印　　次	2023年4月第3次印刷
书　　号	ISBN 978-7-5500-2119-8
定　　价	38.00元

赣版权登字：05-2017-59